헤어디자이너의 인턴일기

발 행 2015년 10월 01일
저 자 지 형 철
펴낸곳 주식회사 부크크
주 소 경기도 안산시 단원구 연수원로 87 창의관 311호
전 화 (070) 4084-7599
E-mail info@bookk.co.kr

ISBN 979-11-581-1366-7

www.bookk.co.kr

헤어 디자이너의 인턴 일기

스텝에서부터 디자이너까지
과정 속에 수많은 에피소드.

누구나 다 거쳐 가는 인턴생활.
누구나 공감 할 수 있는 미용인의 삶.
현직 헤어디자이너가 들려주는 생생한 미용일기.

인턴에게, 미용이란?

"나의 이력서는 종이와 펜이 만드는 것이 아니고
나의 손가락과 기술이 나의 프로필이 되는 것이다."

우리는 무에서 유를 창조해 내는
뷰티아티스트잖습니까?!

잔재주를 부리는 기교는 필요 없고,
과장된 비평이나 해설도 필요 없습니다.

우리는 사는 것이 예술, 죽을 때 “나라는 작품” 에
감동하고 싶을 뿐..

"밥은 언제 먹어도 내 밥 이지만,
저 손님은 지금 안 받으면 더 이상 내손님이 아니다."

이 책은 미용사 필기책, 실기책, 교육책이 아닌,
평범하지만 평범하지 않은 한 미용사의 삶과 미용사의
데뷔 스토리를 담은 에세이다.

그의 파란만장했던 과거와 현재의 지금까지
있기까지의 일들을 독자들에게 들려주려 합니다.

차례

● 성장과정 및 글쓴이는?

● 새로운 시작 미용의 첫 입문

● 정답 없는 미용(3.6.9 미용 권태기)

● 아카데미 첫 출근

● 가위를 처음 잡을 때의 그 설레임을 잃지 않은 헤어디자이너

❖ 쉬어가는 코너

● 미용대학진학 vs 미용실취업

❖ 쉬어가는 코너

● 고객만족도와 클레임

● 인턴 일기

● 디자이너 일기

● 운명은 노력하는 사람에게 우연이 놓아주는 다리

● 성장과정 및 글쓴이는?

1988년도 어느 봄 날.. 어려서 부터 평범하지 않은
벼락 맞을 일을 수차례 겪으며 성장과정을 거처 온 한
평범한 미용사다. 태어나자마자 모세기관지염이라는
병으로 병원에 입원을 하여 한 평생을 살다
세상밖에 출시되었다.

1993년도에 6살이 되어서. 오른손 동맥이 끊어져 또
한 번에 죽음의 위기를 맞이하였다ㅠㅠ 그때의
오른손이 얼마나 크게 찢어졌냐면.. 피가 정말..
지금껏 살면서 그렇게 많은 피를 흘린 적은 없었고..
그 피의 양은 정말 이루 말할 수 없을 만큼의 양이
였다.. 지금은 너무 오래전이라 기억이
가물가물하지만, 당시의 피의 양으로 아이들 주변
친구들 사이에서 그 피의 양으로 수영을 해도 되겠다.
라는 어린이들의 순수한 표현으로 소문까지 났었다.
그 찢어진 오른손 사이로 뼈 까지 봤으니깐 말이다.
그때 나는 태어나 살아온 게 5년뿐인 6살 5년이
평생인 나이에 구경하기 힘든 인간의 뼈의 색깔과
구조, 모양을 육안으로 확인 하였다.
그리고 3년 뒤..

당시 살고 있던 아파트, 6층에서 떨어져 추락사고..
당시 아파트 단지 안 은 모두 잔디밭을 중심으로
한 동 한 동씩 세워져있었다.
내가 살고 있던 아파트도 복도 밑은 잔디밭 이였다.
6층에서 떨어지던 느낌과 장면들이 아직도 너무
생생하다. 떨어질 땐, 내가 떨어지고 있다는 느낌보다
바닥이 나를 향해 달려오는 느낌이 더 컸다.
그리고 실제로 떨어지는 시간은 1~2초뿐 이였겠지만
나는 슬로우 모션처럼 한참이나 떨어졌었고, 잔디밭에
추락을 하였다. 추락을 하였을 때 약간의 뻐근함과
뻐끗함만 있었을 뿐 어디가 삐거나 부러지진 않았다.
심지어 인대가 늘어나지도, 근육이 놀래지도 않았다.
그 자리에서 나는 바로 툭툭 털고 일어설 수 있었다.
너무도 철없는 어린 나이였기 때문에 떨어지면서
"죽겠구나." 라는 생각보단, "재밌다." 라는 생각을
갖게 되었다. 마치 놀이기구처럼.
한 번 더 탈까? 라는 생각도 없지 않아 했었다.

하지만 내가 떨어진 이유는 복도에서 자전거를 밟고
난간에 올라가 난간위에서 하늘 자전거 타듯 다리를
굴려가며 따르릉 따르릉~ 놀이를 하고 있었다.
마침 슈퍼에서 장을 보고 돌아오는 어머니에게 목격이
되어 어머니가 세상에서 가장 놀랜 목소리로 나를

불렀고, 나는 그 어머니를 보겠다고 몸을 틀다 추락을
한 것 이였다. 이후 나는 한 번 더 떨어져 볼까 라는
생각을 갖고 다시 6층에 올라가기도 전에
어머니에게 붙잡혀 정말 9년 평생 중 그보다 심하게
맞은 체벌은 없었다. 어머니는 자전거를 바로 6층
밖으로 던져 버리셨고, 그 이후 우리 집에서는
내가 성인이 될 때까지 자전거를 사지 않았다.
이렇듯 벌써 10세 미만 유아 때만 세 번의 죽을
고비를 겪은 쉽지 않은 불사신 이였다.'-^v
10살이 넘으며 나는 평범한 아이들처럼 장난감,
로봇에 관심이 많을 나이가 되었을 무렵.
당시 유행 했던 "다간" 이라는 로봇을 가지면 친구들
사이에서 대장이 될 수 있었고, 아무 친구가 없어도
외롭지 않을 만큼 굉장한 로봇을 모두가 갖고 싶어
했고 모두가 갖고 있었지만. 글쓴이는 남들과 다르게
로봇을 한 대 도 갖고 싶지 않았고, 가지고 있지
않았다. 그 이유는 지금 생각해 보면 나도 내가 왜
그랬는지 의문이 들지만 어릴 쩍 나는 학용품 가위를
그렇게 좋아 하였다. 가위들을 장난감 삼아 수집하기
시작했고, 여러 종류들의 가위를 가지고 놀 때마다
마음한편이 뿌듯하였다. 가위를 반 정도 벌리면 꼭
사람의 모양같이 보였고 두 날이 양 팔, 두 손잡이가
양 발이 되어 톱니바퀴 모양의 가위는
악당! 코털 자르는 작은 손가락만한 가위는 졸개들..

얍상하게 잘 빠진 하얀 가위는 주인공.
주방 부엌가위는 대마왕ㅎㅎ 이런 식으로 나름
가위들을 분류하여 수집하였고 이것이 취미였다.
이런 식으로 학용품 가위들은 나의 유년 시절 로봇이
되었다. 어려서부터 그렇게 가위(장난감?)를 가지고 놀
때마다 위험하다며 부모님에게 혼이 났지만 난
가위들을 절대 포기할 수 없었고, 나중엔 문을 걸어
잠그고 이불속에 들어가 가위 로봇들을 가지고
놀았다. 그리고 더욱이 웃긴 건 가위를 가지고 놀다
손가락이 베이곤 하였는데 손가락에서 나는 피를 보며

나는 생각했다..

오호?!

그 피를 하얀색 주인공 가위에 묻히며 상상하였다..
으윽.. 악당에게 당해서 피가 나는 것. 이렇듯
어려서부터 약간 괴짜? 같은 끼가 조금 없지 않아
있었던 것 같다. 그때부터 인지
다른 디자인 모양에 가위들을 보면 심장이 두근거리고
설렘이 가득했다. 그리고 친구네 집에 놀러가서 내가
보지 못한 디자인의 가위를 보면 마치 장난감 로봇
빌려달라고 하듯 가위를 빌려가곤 하였다..

남들에겐 그저 무언가를 자를 도구에 불과했지만
나에게 가위는 장난감이자 친구였기 때문이다.
어려서 이런 감정들 때문에 지금도 가위들을 보면
약간, 첫사랑을 보는 것 같은 그런 묘한 감정이
흐르곤 한다..

1999년도 12살이 되던 해다.
그때 갑자기 장이 꼬이며 탈장에 걸려 또 한 번 죽을
고비를 맞이하였다. 장이 꼬인다? 이걸 12살이 겪기엔
좀 드문 일 이였다. 무엇 때문에 장이 꼬인 건지,
왜 꼬인 건지 너무도 알 수 없었다. 이때 나는 학교를
몇 주간 안갈 정도로 크게 아팠다.
이 전까진 그래도 약간 통통한 편이였던 내가
이때부터 갑자기 살이 쭉쭉 빠지기 시작했고,
그 날씬해진 몸매는 지금까지도 유지되고 있다.
이후 나는 그 누구보다 많이 먹어도 절대 찌지 않는
사람이 되었고, 그것은 지금까지도 나에 영원한
콤플렉스가 될 것 같다.

그리고 이것이 20세기 나의 마지막 죽을
고비였다ㅠ0ㅠ

어려서부터 주변으로부터 항상 `웃긴 녀석` , `웃긴 아이`로 우리 동네뿐만 아니라 옆 동네까지 소문이 퍼졌다. 내가 다니던 초등학교엔 이미 전설이 될 만큼에 웃긴 아이로 소문이 났었고, 그때 90년대 당시에 초등학생이 나올 수 없었던 유머와 재치로 주변을 즐겁게 해주었다. 10여년이 지난 지금도 동창회를 가면 아직도 나의 어릴 쩍 업보들과 유머들 이야기로 안주거리가 되곤 한다. 그때 당시에 나는 4차원적으로 이상한 행동을 자주 하였고, 이상한 곤충 흉내를 좀 많이 냈던 것 같다.

그리고 지금 초등학생들은 조숙해서 성인처럼 욕을 하기도 하지만, 내가 초등학교 다니던 시절엔 그래도 세상이 그렇게 시크하지 않아 내가 초등학교 시절에 초등학생들은 욕이라는 걸 알지도 못했고 쓸 수도 없었다. 그래서 나는 욕 비슷한 나만의 독특한 억양과 말투로 주변인들로부터 재밌고 신선한 아이였다.

그리고 어려서부터 잘못을 하여 반성문을 쓰면 선생님들이 내 반성문을 보시곤, 용서를 안 해준 선생님이 지금까지 단 한분도 안계셨다.

심지어 눈물을 흘린 선생님도 계셨으며 나에게 이런 말을 해주셨다.

"이건 반성문이 아니라 논문이다."

이처럼 나는 당시 초등학생이 나올 수 없는 말투와
말솜씨로 주변을 즐겁게 해주었고
선생님들로부터. "넌 커서 뭔가 되도 될 녀석이다"
라는 말을 자주 듣곤 하였다.

그리고 초등학교 3학년이 되던 해에 나는 배드민턴
선수단에 입단하였다. 그 이유는, 육개장 사발면이
너무 먹고 싶어서였기 때문이다.
당시 체육관 구석 한편엔 항상 육개장 사발면
450원짜리가 박스채로 쌓여있었고, 선수들은 그것을
중간 중간에 간식으로 먹곤 하였다. 나는 방과 후에
항상 체육관 유리문을 들여다보곤 하였다.
그리고 친했던 친구 중 한명이 이미 선수단에 입단한
선수였다. 나는 그 친구에 도움으로 간단한 테스트도
없이 그냥 바로 너무도 손쉽게 입단 할 수 있게
되었다. 그래서인지 처음에 실력은 너무도 형편없었다.
유아 시절 오른손의 사고로 아직도 오른손엔 크고
흉측한 상처도 깊게 있는데 라켓은 제대로 잡을 수
있겠느냐, 스윙은 제대로 할 수 있겠느냐 라는 감독,
코칭, 스태프 들로부터 질타를 받았다. 하지만 나는 그
육개장 사발면이 너무도 먹고 싶었고 먹었어야만

하였다. 그래서 무조건

잘 할 수 있습니다. 열심히 하겠습니다. 라는 말과
함께 정말 누구보다 열심히 노력을 하였다.
그 이유는.. 꼭 선수가 되고 싶어서..?가 아닌
육개장 사발면을 꼭 먹고 싶어서였기 때문이다.
지금 와서 생각해보면 부모님에게 사달라고 하거나 내
용돈을 모아서 사먹을 수도 있었을 육개장 사발면
이였지만, 그 상황에선 나는 마치 미션을 깨듯.
퀘스트를 깨야만 저걸 먹는 것으로 알고 열심히
연습을 하였다.

일명 "벽치기"(배드민턴 셔틀콕을 벽에다 치고 튕기는 공을
다시 벽으로 → 반복연습)라는 연습을 매일 매일 하였고
"후독"(라켓을 잡고 공 없이 코트에서 앞 뒤 옆 중간 스텝을 밟는
연습)이것을 무한 반복 하였다. 그리고 더 나아가
라켓으로 공을 치는 연습하기 직전에
항상 볼 통(배드민턴 셔틀콕을 담아 보관하는 통)으로 잡고
공을 치는 연습을 하였다. 그 볼 통은 볼링핀 보다
훨씬 얇고 짧은 통 이였다. 그것으로 연습을 한참
하다가 나중에 라켓으로 치게 되면 공을 너무 쉽고
편하게 칠 수 있게 된다. 그렇게 되기 위해 항상 볼
통으로 공치기 연습했고 나중엔 볼 통으로

벽치기를 했으며 더 나아가 나중엔 볼 통으로
스매싱과 드롭이라는 기술까지 쓸 수 있을 정도의
위치까지 올라가 정말 하루하루 선수가 되어갔다.

4학년이 되던 해에 비록 후보 선수였지만,
선수 명단에 뽑혔다. 그것으로 대한배드민턴협회에
"지형철"이라는 선수로 등록이 되었고, 덕분에
학교에서 덧셈, 뺄셈을 배울 나이에 나는 배드민턴을
배우게 된 것이다. 운동선수 생활이란 생각보다 쉬운
일이 아니었다. 겨우 육개장 사발면을 먹기 위해 할
짓이 아니었던 것이다..ㅋㅋ 아침에 운동 시작하기 전
몸 풀기로 운동장 50바퀴를 돈다. 이렇게 해서 땀이
나고 몸이 뜨거워졌을 때 운동이 시작한다.
초등학교 3학년 평생이 10년뿐이 안 되는 소년이 하긴
어려운 운동생활 이였다. 하루하루가 지날 때마다
일반인보다 뛰어난 달인이 되어갔다.
나중엔 눈 감고 칠 수 있을 정도까지 되며, 라켓의
그립부분(손잡이)으로 공을 처서 스매싱을 찍을 수 있을
정도의 실력까지 올라갔었다. 그리고 이때 연습하고
생활 한 덕에 지금까지도 라켓으로 볼 트래핑 이건
무제한으로 할 수 있고 굳이 횟수를 적자면 한 6억 번
정도 까지는 할 수 있을 것 같다.

어떤 운동부든 다 그렇듯이 배드민턴부들도
마찬가지로 선배들로부터 구타와 체벌이 운동보다 더
힘든 일이였다. 더군다나 우리 부는 라켓 이라는
무기가 있지 않은가? 라켓의 헤드 부위는 조금이라도
상처가 나면 안 되기에 그립..(손잡이)부분으로
맞을 땐 그 어떤 회초리보다 고통스러웠다.
또 대회에 나가서 단체전에서 나로 인해 팀이 패배를
하게 된다면.... 음.. 나 때문에 팀이 진다면.. 음..
독자들의 상상에 맡기겠다.. 너무 입에 담기
어렵기에.. 하지만 나는 원체 사람을 잘 웃기는 체질이
있던 지라 선배들을 많이 웃겨주었다. 매일매일..
기억은 잘 나질 않지만 아마 그때당시 나는 나만의
개인기와 유행어가 있었다. 그리고 쉬는 시간에는
선수들 끼리 모여서 일명 "웃기기"놀이를 하였다.
한명이 앞으로 나가서 개인기를 하던 무엇을 하던
앉아있는 관객들을 웃긴다.
관객들은 웃음을 참으며 절대 웃으려 하지 않는다.
왜냐 웃으면 그 웃은 사람이 술래가 되어 앞으로
나가서 웃겨야 한다. 하지만 나는 이 놀이에
최강자였다. 내가 술래가 되어 나가면, 채 다 나가기도
전에 벌써 주변에 한두 명이 키득키득 거리고 있었다.
그리고 어렵지 않게 한두 명을 웃겨주곤
다시 들어왔다. 질려 질 만 하면 새로운 아이템과
아이디어를 구상하여(감독님 흉내, 코치님 성대모사 등)

선배들을 웃겨 주었고 어느덧 나는 우리 팀에 있어
이젠 없어선 안 될 존재까지 이르게 되었나.
실력이 좋아서 에이스로써 없어선 안 될 존재가 된
것이 아니라 내가 있으므로 팀에 항상 엔돌핀이
돌기에 선배들과 동료들이 나를 많이 좋아해 주었다.
그리고 도대회/전국대회를 전전하며 우리 팀은 강팀이
되었다. 더 정확하게 말하자면 우리팀은 원래 전국
최강 팀 이였다. 선배들로 하여금 전국 세 손가락
안에 드는 명문 구단이었고, 수도권에선 항상 우승을
못 하는 게 이상할 정도가 되어버린 만년 우승팀
이였던 것이다. 하지만 전국제패는 단 한 번도 해
본적이 없던 불운의 팀 이였다.
항상 전국 준우승 아니면 4강에서 떨어져 3, 4위전을
하곤 하였다. 전국만년 우승팀은 바로 다름 아닌
2008베이징올림픽 금메달리스트 선수가 소속해 있는
"순천" 지역 팀이 항상 우승을 하였다.
그 선수와 나는 동년배 동기로 대회마다 마주쳤지만,
그 선수는 초등학교 때부터 일명 괴물로 불려 왔다.
하지만 전국 준우승, 3위, 4위도 대단한 업보였기에
우리 팀 선수들은 항상 수상을 하였다.
그 덕분에 우리 팀이 우승하거나 수상을 할 때마다
벤치를 지킨 나도 같이 우승을 하였고 수상을 하였다.
그때 땄던 금메달과 트로피들이 아직도 방안에

전시되어 있으며 한 소년 인생에 첫 번째 짜릿함
이였다. 초등학교 고학년이 되어서 나는 주전 선수로
선발되었다. 단체전이야 뭐.. 만년 우승팀이지만
이제 주전 선수기에 개인리그 개인전도 참여가
가능하였다. 내 실력이 좋던 안 좋던 내가 소속한
팀은 좋았고, 나와 대진표로 만난 상대는 강팀에
주전선수라는 내 타이틀에 이미 기가 반은 죽어
들어갔다. 덕분에 그다지 어렵지 않게 8강에 진출하게
되었다. 8강에 올라온 8명중 무려 6명이 우리 팀
친구들이였다.. 8강에서 나는 우리 팀 선수를 만나
거기서 떨어지고 만다. 그 우리 팀 선수는 다름 아닌
나의 절친 이였다. 나의 절친 친구는
그 때부터 남다른 실력을 갖고 있었고, 지금도
국가대표가 되어 열심히 나라를 위해 빛을 내고 있는
자랑스러운 친구다. 그래서 나는 울거나 억울해 하지
않았다. 사실 8강에 든 것만으로도
만족을 하였고, 속으론 자부심을 느꼈다.
(말이 8강이지..전국 8위란 소리 아니던가!?!?)라고
스스로 위안을 삼고 스스로 만족을 느꼈다. 어릴
쩍부터 나는 어쩔 수 없는 일이거나 이미 벌어진 일에
대해서 크게 후회를 하거나 부정을 갖지 않았다.

항상 긍정적인 마인드를 가졌고 결과가 항상 1등은
아니었지만, 내가 최선을 다 했고 이뤄낸 결과라면

몇 등 이였던 간에 항상 만족을 하고 오히려 그것도
대단한 거라며 긍정의 힘을 갖았다. 2000년대가 되던
새천년에 우리 집은 수원 지역으로 이사를 가게
되었다. 지금도 시간을 돌이킬 수만 있다면 집이
이사를 갔어도 나는 가지 않았어야 했고, 운동을 계속
했었어야 했다.ㅠㅠ 그것이 내 인생 첫 번째 후회
이다. 그때 당시 같이 운동했던 친구들은 지금 모두
국가대표가 되어 억대연봉을 받으며 한 친구는
올림픽에서 금메달을 따고 있다.
엄청 다들 잘 나가고 있다!!
내가 운동을 계속 하였다한들 저 친구들처럼 잘
나갔을 거란 보장은 없지만 지금에 내 위치보단
좋았을지 않았을까 라는 아쉬움을 갖곤 한다.
하지만 원래 "후회"를 잘 안하는 성격에
무엇이든 이제 내가 한번 선택한 길에 대해서
뒤돌아보지 않는 습관을 갖고 있다.
하지만 그때 당시 나는 어린 마음에 부모님과
떨어지는 것이 싫어 운동을 그만두고 수원으로
내려가게 되었다.
새로운 환경과 지역에 가서 새로운 적응을 했고,
무엇보다 힘든 것은 바로 너무 늦어버린 학업 이였다.

초등학교 때 선수 생활을 하다 보니 학교 수업을 안
듣는건 당연한 현상이었고 덕분에 공부를 안 하는건

너무도 당연하게 돼 있던 나의 손에 라켓이 아닌
연필이 잡힌다는 건 어색한 일이였다.

무엇보다 더 어색한 일은,
전학 간 학교에서의 적응이었다.

나는 서울에서 온 아이로 수원친구들에게 호기심의
대상인 뉴 페이스였던 것이다.
당시 나는 너무도 어린 나이에 전학이라는 것과
새로운 장소, 새로운 사람들로 인해
굉장히 어색하며 성격이 내성적으로.. 이성친구가 말을
걸 때면 얼굴이 빨개지곤 하는 그런 캐릭터가 될
수밖에 없었다.ㅠㅠ

전학 간 수원 초등학교는 주변에 산으로 둘러
쌓여져있는, 제법 촌스러운 동네였다.
입학 첫 날부터 역시나 아이들이 몰려 왔고 복도엔
구경거리라도 난 듯
북적북적하였다. "쟤 서울애서 온 애래" 어떤 친구는
다짜고짜 오더니.. 나에게 건넨 ..

첫마디가..
두구두구두구두구... 액션~!!
(황금어장 무릎팍도사 효과음 中)

"야 서울보다 수원이 더 역사가 깊고 문화의고장이야"

이였다..ㅋㅋㅋㅋㅋㅋㅋㅋㅋㅋ

나는 그 친구에게 이름이 무엇이냐, 몇 반이냐, 누구냐
그 어떤 아무 말도 안 걸었음에도
불구하고 말이다.
아..뭐지?!? 수원이란동네는.. 이 아이들은 뭐지..?ㅠㅠ
참으로 적응할 수 없는 일이였다.
새로운 장소에 새로운 아이들과 새로운 공부를.
운동선수가 아닌 새로운 인생을.
준비해야만 했다. 당시 유일하게 나에게 와서 말을
걸어주며 장난도 쳐주며 놀아주었던 한 이성친구가
있었다. 속으로 아 이 친구 나를 좋아하나?! ㅋ
생각했던 것도 잠시.

그냥 자기가 와서 말 걸면 내가
당황하고 얼굴 빨개지는 게 재밌어서 괴롭힌 것 뿐
이었다. 이런 적응 안되는 생활 속의 반복으로 시간을
보냈고 어느덧 2000년대가 되었다.

2000년도가 되어 새천년이 되었을 당시 나이는

초등학교 고학년 더 이상 장난감을 가지고 놀
나이가 지나 나의 소중한 가위들과 작별을 하게 되어
아쉬움을 느끼기며 중학교에 입학을 하게 된다.
중학생이 되었을 때도 역시 그 중학교에서 소문이 날
만큼 `웃긴아이`로 소문이 퍼지기 시작하였다.
그때 당시 나는 내가 웃긴 사람이라는 것을 잘 알 수
없었으나 내 주변인들로부터 하여금
내 주변인들은 항상 나를 보면 왜 웃는지를 그땐 알
수 없었으나 항상 나를 보고 웃고 있다는 것은 알고
있었다. 중학교 때도 재밌고 유머러스하다는 이유로
주변에 친구들이 많이 따랐고 결국 난 학급에서
반장이자 회장이 되었다. 내가 출마 하겠다는 의지와
상관없이 모두가 하나같이 나를 추천해 주었다.
형철이가 학급장이 되면 정말 재밌을 거야.. 라는
기대감으로 말이다. 그래서인지 더욱더 제대로 놀기를
시작하였다. 어차피 난 운동선수생활 때문에 공부는
이미 뒤 처진 것이라며 스스로 자기최면을 걸고,
따라가려 노력하지 않았다.
오히려 역으로 더 방황하며 더 제대로 놀기만을
전전긍긍하였다.

그러던 어느 날 어릴 쩍 악몽이 다시 깨어나는 사고를
당한다. 벌써 태어나자마자 초등학교 졸업까지 네
번에 죽을 고비를 넘겨 중학교 때만큼은 무탈하게

지내자는 부모님의 간절한 바람도 안 통하였는지
그만 택시와 충돌하여 발에 뼈가 으스러져 다섯 번째
고비를 맞이한다. 덕분에 절뚝거리는 다리를 이끌고
고등학교 입학식을 가야만 했다.

그리고 이 무렵 글쓴이의 삶에 있어
첫 번째 가슴 설레임을 맞이하게 된다.
초등학교 동창이었던 친구 이다
초등 학교 땐 몰랐던 그녀의 매력을 중학교.
수원으로 이사 가고 나서야 뒤 늦게 깨닫게 되었다.
고향에 친구들은 다 끼리끼리 친구들이 친구들이였던
지라 모두가 다 아는 사이고 모두가 다 친구였다.
내 고향 친구들 사이에서 내가 짝 사랑하던 사람이
누군지 금방 소문이 나기 시작했고, 친구들은 모두
나를 도와주었다. 그렇게 글쓴이는
순수하게 어릴 쩍 첫 번째 사랑을..
무려 3년간이나 짝 사랑을 하였다.

나는 어려서부터 취향이 독특하였다.
남들이 다 좋아하는 만인의 연인 여자주인공보다
항상 그 옆에 있는 서브 캐릭터를 더 좋아하였다.
웨딩피치에서 "피치"보단, "데이지"를 좋아했고.
텔레토비에서 캐릭터 "뽀"보단, 뚜비를 좋아했으며.
슬램덩크에서 캐릭터 "강백호"보단, "서태웅"을

좋아하였다.
그렇게 뚜비 같은 그녀는 나에게 있어서 호감으로
다가 왔고, 호감이자 큰 관심사가 되었다.
처음엔 단지 호기심에, 시간이 점차 지나면서 난 내
감정에 충실해 졌고.
나중엔 어린나이지만 제법 나름 진심으로 그녀를
사랑하게 되었다.
고등학생이 무슨 진심어린 사랑이냐 하겠지만,
그때 나는 진심이었다.
하지만 누군가 말했던가.
첫사랑은 이뤄지지 않는다고, 나 역시 마찬가지로
첫사랑은 이뤄지지 않았다.
나는 무려 3년간 그녀를 손을 잡아보지도 안아볼 수도
아무것도 할 수 가없었다. 그저 3년간 내가 널
좋아하고 있다는 표현만이 할 뿐이었다.
이런 미신들이 실제로 이뤄질 줄 알았다면 그녀가
아닌 다른 누구라도 먼저 사랑하고 그녀에게 두
번째로 갈걸 그랬나.
그리고 나는 스스로 거울을 속에 비친 내 모습이
너무나 초라해 보였다. 얼굴도 못생겼고..
뭐 하나 잘난 부분이 없구나.. 그저 나는 옆에서
말장난이나 잘 치는 한번 웃고 마는 그런 존재구나..
하지만 이것만은 기억해줄래?
나만큼 너를 사랑할 사람은 없을 거야.. 내가 나중에

정말.. 멋있어 진다면 성공한다면
그때라도 너의 손을 한번만이라도 잡아볼 수 있을까?
라는 어린 순수한 마음으로 그녀를 대하곤 했었다.
그러면서 점차 거짓말처럼 시간은 빨리 흘러갔고.
나는 이제 한 소녀에 대한 감정보단 나의 인생 나의
미래 나의 앞날 나의 성공을 위해 앞을 보게 되었다.
내가 남들보다 성공하고 멋있어 져야 그녀 앞에
당당히 나타날 수 있을 거란 생각으로

아마 내 기억엔 이때부터 미용 쪽으로
진로를 조금씩 생각했던 것 같다.
미용계열 일을 하면서
나 자신을 좀 꾸미고 멋을 내고 싶었던 것 같다.

그리고 나중에야 알게 됐지만 그녀는 내 고향친구들
중에 나를 지원해주고 도와주던 친구들 중 한명과
교제하게 되었다는 사실을 알게 되었다.

나는 슬픔과 배신감, 씁쓸함 보단
오히려 등 뒤에서 박수를 쳐 주었다.
그리고 보다 깨끗하고 깔끔하게 그녀를 잊었다.
멋지구나! 친구야 내가 몇 년간 이뤄내지 못한 걸
너는 그렇게 원큐에 해내다니.. 내가 너보다 부족해
보이진 않는데.....ㅋㅋㅋㅋㅋㅋㅋㅋ

그리고 한 가지 배운 것이 있다.
누군가 말했던가. 10번 찍어 안 넘어가는 나무
“없다”고..
하지만 세상엔, 10번 찍어서 안 넘어가는 나무도
“있다”라는 걸 어린 나이에 깨달았다.
그렇게 그녀는 나만의 첫사랑으로 남자의 한 가슴
심시에 묻히게 되었고 이젠.
친구도, 연인도, 사랑도 아닌
하나의 추억으로 깊게 남겨져 있다.

나도 누군가에겐 첫사랑이다. 누구도 누군가의
첫사랑일 테고 누구나 다 첫사랑이며
자신의 첫사랑도 존재한다.
나 역시도 그런 소중한 아름다운 첫사랑의 추억으로
남겨져 있다.

중학교 때 공부를 전혀 안 해서 고등학교는 인문계
고등학교에 진학하지 못하였다. 다른 지역보다 수원은
실업계고등학교가 보편화 돼 있었다.
실업계 고등학교만 10군대가 넘었다.

공고, 상고, 농고, 정보고 등 수많은 실업계가 있었다.
내가 진학한 고등학교는 저 중에서도 가장 악명이
높았던 실업계 고등학교였다. 중학교 때 좀 놀았던
친구들이 모이는 완전한 노는 학교인 것이었다.
각 중학교에서 좀 논다~ 하는 친구들이 하나씩 모여
하나의 단체가 되어버린 학교..
두려움도 있었지만 설렘도 가득하였다.
설레는 마음을 쩔뚝거리는 다리와 함께 입학을 하게
되었고, 역시 고등학교 때도 웃긴 친구로 알려지기
시작하였다.

!!나는 그때 알았다!!

어려서부터 지금까지 사람들이 날보고 괜히 웃기다
재밌다 해주는 것이 아니다.
그래. 나는 웃긴놈이다.
나는 남들을 즐겁게 해주는 남다른 능력이 있는
소유자다.
그래, 이제 나의 숨겨진 재능을 끄집어내자.

결심을 한 뒤 나는 각종 유행어와 어록들을 만들어
내기 시작하였고, 그 반응도 역시 뜨거웠다.

그렇게 해서 나는 더욱더 완전한, 제대로 된 유머를
항상 개발하였고 신선한 아이템들을 준비하였다.
그렇게 고등학생까지 아무 생각 없이
하루하루를 그저 말장난이나 칠 줄 아는 아이로 영혼
없는 삶을 살고 있었다.

그러던 어느 날 나의 인생에 있어 너무나 큰 전환점과
인생이 180도 바뀌는 일이 발생하였다.
그것은 바로 나의..

여섯 번째 죽을 고비였다.

왜.. 하필.. 나에게.. 이런 일이..

지금까지의 죽을 고비들은 장난에 불과할 만큼
스케일이 남다른 마지막 죽을 고비를 맞이한다.
이 때 기록이 다니던 고등학교에 전설이 되었고
글쓴이는 주변인들로부터 "죽었데!"라는 소문이 날
만큼 대형 사고를 맞았다ㅠ0ㅠ
그 기록이 전치 24주 6개월 진단과 15일간에
혼수상태, 머리에서 발끝까지 전신이 다쳐 대 수술을
하게 되었다. 그 사고로 인해 오른쪽 눈이 실명에

이르렀다. 눈이 다친 것이 아니라 머리를 다쳐 눈으로
하여금 뇌로 전달하는 시신경이 다친 것 이다.
그래서 안과를 가면 이상이 없고 신경외과에 가야
증상을 알 수 있다. 현 의학으론 시력회복이 불가능
하다는 판정을 받았다. 이식수술 이런 거와는 별개로
시신경 문제이기 때문이다. 한 순간에 외눈이 된 나는
더 이상에 삶에 대한 의욕도 열의도 모두 잃었다.
외눈으로 하여금 거리 감각이 극심히 떨어져 계단을
구르는 일은 허다했고 날라 오는 공들도 피하지
못하는 지경까지 갔을 때 저자는 더 이상 세상을 살기
싫어 몹쓸? 시도도 여러 차례 걸쳤지만 역시
불사신답게 그렇게 쉽게 되진 않았다.
또 한 돌이켜 보았다. 왜 그토록 나는 죽을고비가
와도 죽지 않을 것일까 아직 내가 이승에서 해야 할
일이 있는 것인가?
그리고 내가 설령 정말 죽었을 때 부모님은 얼마나
힘드실까를 생각해보며 현실을 인정하고 받아들였다.

무려 15일간에 잠들어있는 혼수상태 일 때 글쓴이는
기억을 못 하지만
여러 차례 숨이 끊어졌다 붙었다 반복하였다고 한다.
사람이 죽으면 모든 힘이 빠지고 항문에 괄약근마저
풀어져 항문이 마치 500원짜리 동전만한 크기로
벌어지고 정말 마지막 고비답게 큰 사고에도 7전8기

정신과 불사신의 의지로.
또 한 번 돼 살아 난 목숨이기에.
소중히 받아들일 수 있었다.
당시 사고 년도가 2005년5월08일

이 날은 나의 두 번째 생일이며 다시 태어난 날이다.
독자들은 못 믿겠지만, 죽어 본 자는 "경험"을 말해줄 수 있다.

15일간에 혼수상태에 빠졌을 때 저승사자도 보았다.
내 삶에 가장 행복했던 순간도 꿈처럼 지나갔다.
믿지 못하겠지만, 죽어본 자만이 알 수 있는 경험이다.

나는 18세가 되던 5월 07일 학교에서 소풍을 갔다.
놀이공원으로. 이 날 신나게 놀이기구를 타고 피곤한 몸을 이끌고 집에 도착하여 푹~~ 잤다.
이것이 내가 기억하는 마지막 필름이다.

푹 잘 때, 너무도 푹 잤다.
진짜 17시간도 넘게 잔 느낌보다 훨씬 강하다고 표현한 다면 이해하기 쉬울 것 같다.
내 인생에 그런 깊은 잠은 처음 자봤고 앞으로도 그런 잠은 두 번 다신 못 잘 것이다.
이 잠은 실제로 17시간이 아닌, 무려 15일을 잔 평생

두 번은 못잘 잠이었다.
너무도 깊은 잠에 빠지는 동안 깊은 꿈을 꾸었다.
너무도 생생했고, 시간이 많이 지난 지금도 생생하다.

그 꿈은..

내가 18여년을 평생 살아오면서 느꼈던 가장 행복했던 순간의 장소였다.
바로 운동선수 시절과 그 첫사랑과 같이 다녔던 초등학교의 운동장 이였다.
나는 누군가들에게 쫒기고 있었고, 나를 쫒아오는 사람들은 다 검은 양복에 깍두기 머리를 하고 선글라스를 끼고 있었다. 위 설명과 같은 복장의 사람들 몇 십 명이 나를 쫒아오는 꿈이었고, 나는 그들을 피해 도망치는 꿈이었다.
운동장 끝까지 죽을힘을 다해 뛰었다.
꿈속이지만 실제처럼 심장이 멎을 것 같았고 체력이 닳았으며 힘이 들었다.
어느 새 운동장 끝 담벼락에 도착해서 더 이상갈 곳이 없었다. 하지만 나에겐 날개가 있었다.
날개가 있지만 새들처럼 훨~ 훨~ 날 순 없었다.
메뚜기 방아깨비처럼 아주 작은 비행을 할 수 있었다.
후다다다닥~ 날다 떨어지고 후다다닥 날다 떨어지고..
그 한번 날갯짓은 떨어지면 심장이 터질듯 정말

힘들었다. 이제 벽에 와 닿았다.
더 이상 앞으로 도망을 칠 수 없었다. 뒤를 돌아봤다.
그들이 내 바로 앞까지 와서 손을 뻗었다.
나는 너무도 두려운 마음에 정말 마지막 죽을힘을
다해 점프를 하였고, 죽기 직전까지 날갯짓을
파닥파닥 하였다. 그때 밑에서 그들이 모두 손을 위로
뻗어 날 잡겠다고 점프를 하며 다들 뻗은 손으로
잡겠다고 스윙 시늉들을 하고 있었다.
이 얼마나 소름 돋는 무서운 장면인지,
독자 분들은 이해 못할 것이다.ㅠㅠ
나는 거짓말처럼 날갯짓으로 그 담벼락을 넘었고!
그들을 따돌렸다는 안도감에 크고 깊은 한숨을 내
쉬었다.

휴.. 됬.. 스..

한숨을 쉬자 꿈에 장면이 바뀌었다.
도망치던 꿈은 끝나고 새로운 꿈이 시작 되었다.
장소는 병실이었다. 내가 1인 특실에 누워있는 꿈
이였다. 옆에 보조침대에 어머니가 주무시고 계셨고
.나는 누워있었다. 그때 마치 자다가 깬 것 같은
느낌을 받았고, 아 지금 내가 이 병실에서
잤으며 그런 쫒기는 꿈을 꾼 것이구나! 라는 느낌을
받았다. 즉, 꿈속에서 꿈을 꾼 것이다. 거기서 한번

깨어나서 병실이었고, 병실에서 일어나자 내 병실
문이 잠겨있지만 누군가 열고 덜컥 덜컥 소리를
내는걸 알았다.
꿈속인지라 투시 능력이 있어 밖에 누가 있는지
보였다. 아까 운동장에서 날 쫒아오던 여러 명들 중
두 명의 검은 양복 사람이 둘이 있는 것이다.
한명이 손가락질로 이 방이라고 말하자 한명이 고개를
끄덕거린다. 너무도 생생한 장면이고 지금도 그때를
생각하면 소름이 돋는다. 나는 꿈속에서 엄마를 깨워
말했다 엄마ㅠㅠ 일어나봐..
누가 나 잡으러 왔어.. 문 앞에 있어ㅠㅠ
이 말을 들은 엄마는 잠에서 깨어나 병실 문 을
여셨다. 어머니가 문을 열자 그 두 명의 남자는 마치
재 날리듯 스르르 연기 사라지듯 사라졌고 어머니가
복도를 두리번거리며 아무도 없다는 걸 확인하시고
나에게 와서 안아 주었다.
형철아.. 걱정하지마.. 아무도 없어..

그리고 엄마가 꼭 지켜줄게.
라는 말을 내 귓가에 말씀하셨고, 어머니의 손이 내
몸에 닿는 순간 모든 잠에서 깨어났다.

잠에서 깨어나자 내가 꿈속에서 봤던 병실에서
꿈속에서 봤던 자세로 어머니가 날 안아주고 울고

계셨다.

그때 난 정신이 들었다.

그리고
그때 내가 어머니에게 첫 마디를 던졌다.

“엄마 나 왜 병원이야?”

나 놀이공원 소풍 갔다 와서 집에서 잤잖아.
왜 근데 병원에 있어?

이 말을 들은 엄마가 흥분을 하며 의사들을
불러오셨다.
“선생님, 형철이 깼어요!!”
소리와 함께 사람들이 의사선생님들이 몰려온다.

?
?
?뭐야?
나 왜 병원이냐니깐?!
?

엄마는 울고 계시고 옆에 형과 아버지..
의사와 간호사들이 내 팔과 다리를 잡으며 말한다.
진정시키려는 것 같다.

.

.

정신이 드십니까?

네????

.

.

지형철씨 15일만에 깨어 나셨습니다.

?ㅋㅋ

에이 무슨소리하셈ㅋ

에이 엄마 뭐야 이거어어아아아아악!

으악!!!!으뷰에벡!!!!!!!!!!!!!!!!!!!!!!!!!!

그 소리를 듣자 갑자기 정신이 번쩍! 하며,
내가 자고 있다고 느낀 동안 수술 하였던
머리부터 발끝까지, 그리고 얼굴을 포함한
수술 부위들의 통증이 한순간 한 번에 느껴졌다.

평생 살며 그런 고통은 처음 느껴봤고,
이루 말 할 수 없는 고통이었다.
수천 개의 바늘이 몸을 찌르고 있는 느낌과 동시에
종이책 찢듯 머리를 누가 찢고 있는 것 같았다.

이때 나는 제정신이 아니었다.
의사선생님과 간호사들에게 심한 욕설을 퍼 부었고
심지어 날 잡고 있는 부모 형제들에게도
날 왜 잡고 있냐며 소리를 지르며 욕을 하였다.
그때 내가 왜 그랬는지는 모르겠지만,
그랬었다는 것은 기억할 수 있다.

그렇다 나는 머리를 다친 사람으로.
15일 만에 잠에서 깨어난 직후엔 머리의 정신이
제정신이 아니었던 것이다. 그리고 나는 일반 환자가
아니므로, 특별관리 받는 환자로써 병문안 및 면회가
하루 24시간 중 1시간 밖에 주어지지 않았다.
심지어 친 어머니 일 지라도..
나는 그렇게 아무도 없는 독방에서 무려 23시간을
혼자 고통을 호소하며 정신이 나갔었다.
밥시간, 주사 맞는 시간, 약 먹을 시간마다
간호사들에게 욕을 하였고 물건을 던졌으며
간호사들에게 심한 욕을 하며 5분 간격으로 시간을

계속 물어봤었다..

(저자는 원래 이런 광폭군의 성격의 사람이 아니었다..)

심지어 어머니에게도 쌍 시옷 자의 욕을 해가며 마치
미친 사람처럼 발광하며 통증을 호소하자
의사선생님들이 주사를 놓는다.
진통제 및 신경 안정제인 것 같다.
주사를 맞으면 몇 분이 좀 지나자 통증이 가라앉았고
정신이 좀 안정되었다. 이렇게 며칠을 반복적으로
치료를 받았고 시간이 지나면서 나는 제정신을 차릴
수 있게 되었다. 그러던 어느 날 번쩍! 하며 모든
정신이 정상의 나로 돌아 왔다.
그리고 내가 욕했던 의사선생님, 간호사들께 가서
죄송했다고.. 사과를 드렸다.
그러자 그 의사선생님, 간호사들은 정말 놀랬다.
그때 그 정신 나간 그 사람이 맞나? 이렇게 정상으로
돌아오기 힘들어 보였는데,
정말 돌아오셨네요, 환자분 신기합니다, 기적입니다.
그렇게 나는 그 병원에서도
기적의 사나이로 전설이 되었다.
이젠 특실이 아닌 일반 병실에서 다른 환자들과
사이좋게 지낼 수 있게 되었으며, 나는 그 병실에서
최장기간 환자로써 터줏대감이 되었다.
그렇게 시간이 지나면서 난 정상으로 돌아왔다.

그렇게 정신이 들어

비로소 어머니와 못 다한 대화를 나눌 수 있었다.

어머니 말씀으로는, 내가 꿈속에서 본 것들은
저승사자라고 말씀하셨다.
TV나 이런 전설의 고향 같은 것을 보면 저승사자는
모두 검은 소복에 갓을 쓰고 나온다.
그건 그 시대 배경이 조선시대였기 때문에 조선시대의
정장인 소복과 갓을 쓰고 나온 것이다.
하지만 지금은 현대시대니까 저승사자들이 현대시대의
정장인 양복과 갓을 쓴 것처럼 모든 저승사자들의
머리가 동일하듯 내가 본 그들도 동일한 깍두기
머리였고, 귀신들이기에 눈이 없어 대신 선글라스를
낀 것 같다고 말씀해 주셨다.
내가 꿈속에서 그들을 따돌릴 때 실제처럼 힘이
들었던 건 내가 죽을 길에서 살길로 들기가 실제로
힘들었기 때문일 거라고 말씀해주셨다.

실제로 나는 15일간 자고 있으면서
일반병실⇔중환자실을 수차례 왕복 하였다고
자는 동안에도 수차례 숨이 멎었었다고 말씀해주셨다.
하지만 내가 끝까지 포기 하지 않고 잡히지 않겠다는
의지로 그들에게 붙잡히지 않았다며
울음과 함께 나를 다시 한 번 다독여 주셨다.

그리고 어머니에게 다시 말을 건넸다.

엄마..
근데..
엄마 나 왜 병원이야?

기억 안나니?
너 소풍갔다온 다음날 하교 길에 버스와 충돌했어..
그래서 오늘 까지 혼수상태였고..
머리를 다쳐서 기억을 못하나 보구나..

바로 핸드폰을 켜 보았다
핸드폰에 찍힌 날짜는 6월 달 이였다.

헐.......... 이 모든 게 현실이고 사실이란 말인가?!
나는 얼마나 다친 거지?
머리는 이미 대머리였고 붕대를 감았다.
누가 내 머리 대머리로 만들어놨어.

머리 수술하기위해 밀었다고 한다.
어깨엔 쇄골 대신 철심이 박혀있고
눈 밑에 뼈는 인공뼈란다.

그리고 무려 15일간에 혼수상태로 음식도 섭취 하지
못해 슈퍼 폭풍 자연 다이어트를 하게 된 셈이다.
원래 마른 체형의 나에서 슈퍼폭풍 다이어트로..
그때 당시 키가 183cm였지만,
몸무게가 47kg까지 내려가 있었다.

머리는 대머리 몸무게는 47kg!
내가 봐도 나는 외계인에 모습이였다
나 나름 그래도 훈남 인 편?ㅎㅎㅎ이였는데
지금은 외계인이구나..라고 생각했다.
그리고 평소에 잠을 10시간 이상 자면 손과 다리에
힘이 없지 않은가? 나는 무려 15일을 자지 않았던가?
그때 당시 나는 혼자 걸을 수 없을 만큼 다리에 힘이
없었고, 수저를 들 수 없을 만큼 팔 힘이 없었다.
그저 누워서 치료를 받으며 난 왜 다쳤고
왜 이지경이 됐는지 알지도 못하며, 천장을 멍하니
바라보고 있을 뿐이었다. 근데 시야가 좀 이상하다?

빈혈이 있나? 왜 어두워 보이지?
아 하긴 뭐~ 15일이나 잤는데..
그럴 수 있겠지.. 갑자기 빛을 보니까..
원래 땡볕에 있다가 갑자기 실내로 들어오면 어두워
보이잖아~ 그런거겠지~~
하지만 하루가 지나도 어두운느낌은 풀리지 않았다.

음.. 이상한 걸.. 에이.. 그래도 뭐
15일이나 잠들었다는데~ 그럴 수 있지~..
그 어두운 느낌은 일주일이 지나도록 풀리지 않았다.

어?..

뭔가.. 이상.. 에이 그래 15일이나 잤는데~
그럴수 있겠지~

일주일이 지나고 어느 정도 힘이 돌아왔다.
혼자 걸을 수 있고, 씻을 수 있을 정도의 위치까지.
일주일이 지나자 매끄러운 대머리도 스님정도로
머리가 자라서 혼자 씻어보고자 화장실로 들어갔다.
머리를 감는 도중에 거품이 왼쪽 눈으로 내려와
왼쪽 눈을 지그시 감아본다.
그러자.. 나는 경악을 금치 못하였고.. 눈물을 흘렸다..

앞이 보이지 않는 것이다.
헐레벌떡 거품을 행구고 다시 병실로 나와
왼쪽 눈을 다시 한 번 윙크 해보았다.
그러자 역시나 앞이 보이지 않았다.
이게 뭐야? 난 기억도 안 나는 일로 하여금
내 몸은 왜 이렇게 망가진 거야?
이 사고 후유증으로 오른쪽 눈이 실명되었다는 사실도

그 때 알았다.
하늘이 무너질 만큼 좌절감이 컸고, 마지막 죽을
고비다운 스케일 이였다.
정말 왜 하필이면 나에게 이런 일이 일어나는 것일까?
이 사고로 인하여 몸도 마음도 많이 변했고 머리 또한
다쳐서 그런 진 몰라도 사고 나기 전/후 나의 모습이
너무도 달라졌다.
말이 많고 주변인들로부터 항상 웃긴 녀석 이라는
분위메이커, 놀기를 좋아하고
활발했던 전 운동선수출신에서 극도로 소심해졌고,
내성적인 성격이 돼버린 것이다.
다시 전학 간 수원 초등학교 어릴 쩍 성격으로 되돌아
온 것이다.

이후 나는 이성친구들에게 또 다시 말을 잘 못 걸게
되었고.
누군가 말을 건다면 얼굴이 빨개지는
순박한 사람으로 되었다.

나도 내가 이렇게 왜 변했는지 알 수 없었으나
예전 같은 몸놀림과 재치는 더 이상 나에게 남아 있지
않았다. 뇌수술로 하여금 말초신경이 죽어서 엄청난
몸치가 되었다. 운동선수답게 달리기도 빨랐던 내가
너무나도 느려지게 되었고, 성격도, 신체도, 시력도

모든 것이 너무 많이 변했다. 그리고 국방의 의무도 져버릴 수 있게 되었다.
이 사고로 인하여 군 면제 판정을 받았다.
아마 여태껏 불효하며 나쁘게만 살아왔던 내 인생을 하늘에서 질타하여 새로운 사람으로 만들어 준 것이 아닌가.

앞으론 새로운 캐릭터로 새로운 삶을 살게 해준 하늘의 선물인가.
그리고 현실을 인정하고 깨끗하게 받아드리며 다시 한 번 긍정의 힘을 키웠다.
비록 몸은 많이 다쳤지만.. 나는.. 그 대신..

"하루를 잊음으로, 2년(군대)을 벌지 않았나?"

라는 마인드로 오히려 잘된 일이라며 위안을 삼았다.
하지만 너무도 소심해지고 내성적인 성격이 되어 이것을 극복하기가 너무도 힘들었다.
무엇보다 더욱 힘든 건 바로 외눈시야 적응이었다.
한쪽 눈을 가린다는 것, 가까이 있는 것과 멀리 있는 것에 대한 거리 감각이 둔해진다는 것.
멀미도 나고 흔한 계단 오르내리는 일은 나에게 있어선 정말 힘든 일 되었다.

난 이제
무엇을 하며 살아 가야할 것인가, 운동도 그만 두었고.
운동하느라 공부를 하지도 못했고.
지금은 몸엔 장애가 생겼다.
난 이제 어떤 삶에 대한 목표를 갖지?
이제 와서 나는 앞으로 무엇을 하며 살아야할 것이고
졸업이후 나는 어떤 모습일까? 라는 미래에 대한
걱정이 들기 시작하였다.
하지만 마땅히 하고 싶은 일이 없었고,
생각나는 일 또한 없었다.

● 새로운 시작 미용의 첫 입문

뭔가.. 익사이팅 하지 않아..

인생이 재밌지만은 않아.. 뭔가 획기적인 게 필요해.
무엇이 나를 만족시킬 수 있고 내가 무엇에 눈을
뜰수 있을까? 그 어떤 것도 나를 만족 시킬 순
없었다. 그렇게 오늘만 대충 대충 수습하며
하루살이처럼 하루하루 의미 없는 삶을 살다가
기분전환을 할 겸 번화가로 나가보았다.
내가 팔팔하고 전성기 때 본 번화가랑은 많이 달랐다.

안보이던 것들이 보이기 시작했고,
보이던 것들이 안보이기 시작했다.

그렇다 나는 외눈이었다. 세상에 절반이 안보이고
처음 번화가로 나갔을 땐 많이 어지러웠고
울렁거렸다. 모든 세상이 다 어두워 보였고 밝은
낮에도 마치 불을 끈 방 안처럼. 선글라스를 쓰고
있는 것처럼 어두워만 보였다.

네온사인 간판의 거리들이 흑백으로 보이던 사이에
유독 하나의 간판만 비춰 보였다.
핑크색 간판으로 아주 예쁘고 멋있게 꾸며진
한 뷰티살롱이었다.
간판이 너무나 화려해보였고 가게가 너무나 예뻤다.
나는 그 가게에 반하게 되었다.
관심이 생겼고, 어두웠던 내 인생에 한줄기 빛이
보이는 순간이었다. 관심이 생기고 나서 알아본 결과
그 가게는 "믹인도쿄뷰티살롱" 이라는 뷰티샵 이었다.
그리고 그 미용실은 단순한 미용실이 아니고
당대 그 지역에 10대들은 최고라 칭하였고, 그 동네
친구들은 다 그 미용실에서 머리했다.
20여명이 각자의 개성으로 독특한 명찰을 달고
젝키, 엘린, 도로시, 엘리스 등등 그 안에서 일을
하시는 분들은 다 예술가들로 보였다.
정말 그들의 인상과 이미지는 아직도 나의 머릿속에서
지워지지 않을 만큼 강한인상을 심어 주었다.
반짝이는 가위들, 머리를 현란하게 꾸민 미용사들.
체인이 주렁주렁 달린 패션. 나의 인생에 다시금
되돌아온 관심사가 되었다.

세상에 반이 어두워 진 나의 인생에 한줄기 빛이 되어
찾아왔고 잠들어 있는 나의 숨은

성격들이 깨워지는 것 같은 느낌을 받았다.
그리고 어릴 쩍 느꼈던 나의 첫사랑 같은
가위와 다시 만나게 된 것이다.

가위?
미용가위를 보니 어릴 쩍 내가 설레던 로봇가위들이
성인이 되어 성인가위로 나를 맞아주었다.
학용품가위랑은 비교도 안 될 몸매와 아우라를
뿜어냈고, 그 가위를 처음 만져보는 순간 또 다시
나의 가슴을 설레게 만들었다.

나도 저런 미용실에서 일을 하면,
여기 사람들처럼 멋있어 지겠지?
나도 어떤 이로부터는 예술가로 보이겠지?
라는 겉멋으로 처음 미용시장에
첫발을 내딛는 순간이었다.

역시 개성이 넘치고 독특한 친구들이 가득한
뷰티샵이였다.. 아름다움을 추구하는 디자이너들이라
그런지 다들 아름다웠고 화려하였다.
그에 비춰지는 나 자신은 굉장히
무난하기 짝이 없었고, 평범하였다.
어떻게 저런 뷰티샵에 취업을 할 수 있지?

아카데미에 가서 자격증을 먼저 취득해야 하나?
자격증이 없으면 일을 못 하는건가?
자격증을 따야만 근무가 가능한가?
모든 미용을 처음 시작하려는 사람들의 마음은
한결같을 것이다.
나 역시 저런 생각들로 겁을 먹고 방법을 몰랐다.

하지만 지금 생각해 보면 어떻게 그럴 수 있었는지.
나는 용감했다. 다짜고짜 그 뷰티샵에 들어가 당당히
말했다.

"이 곳에 어떻게 입사를 하죠!?!?!
제가 자격증이 없지만,
없으면 안 되는 건가요?! 저 여기서 일하고 싶습니다."

ㅎㅎㅎ..지금 생각하여도 등골이 오싹하다.
어떻게 저럴 수 있었는지..

저런 나의 용감함에 원장님이 웃으시며 말씀해주셨다.

"아직 학생이니까, 방학기간동안 아르바이트를
해보렴."

“우와아악@#~*@&a정말요?!?!?”

생각보다 너무 쉬운 입사였고,
상상하던 면접과 서류심사가 아니었다.

그 순간 나는 세상을 다 이룬 것 마냥 내 자신이
너무 멋있고 뿌듯하였다.
저 10대들의 우상인 믹인도쿄에 내가 입사를 한거야!
저 믹인도쿄를 다니는 내 자신은 모든 10대들이
멋있어 하고 부러워하겠지?
난 예술가 믹인도쿄의 사람이닷!
이라는 자부심과 아침마다 출근하는
나의 그림자가 그렇게 멋있어 보일수가 없었다.
그렇게 나의 미용 첫 페이지는 믹인도쿄에서
작성되었다.

일반인의 시각으로 미용을 보는 것과
미용인의 시각으로 보는 미용이 180도 달랐다.
일단 가장 첫 번째로 자격증이 없어도
입사가 가능하다는 사실.
삼성대기업보다 어려울 줄만 알았던 믹인도쿄의
입사가 고작 말 한마디로 될 줄이야-_-;

첫 출근을 하여 일단 기본 12시간을 서 있다.
처음 미용을 시작할 때 가장 힘든 일은 바로
이 것이다.

할 줄 아는 것이 일단 없었고,
무엇을 해야 할지도 몰랐다.
내가 맡은 일 혹은 내가 해야될 일이 무엇인지
몰랐다. 그저.. 멍하니 서있을 뿐.
다리도 엄청 아파오기 시작하였지만 도저히 앉을 수
있는 분위기가 아니었다.
그러다 지나가던 선임 미용사가 한마디 던진다.
"미용사는 눈치가 빨라야 돼"

첫 번째로 눈치
두 번째도 눈치
세 번째도 눈치가
가장 빨라야 된단다..

이것이 내가 미용 첫 입문하고 들은 첫 번째 미션이었다.

눈치라..?

으잉ㅠㅠ 저분이 말해준 눈치는 무엇이지? 하며
나는 눈치를 살폈다ㅎㅎㅎ
곁눈질.. 슬금슬금, 눈치보기 등 이런 눈치들을 보다
또 다른 선임에게 혼이났다.

"야 너 무슨 애가 그렇게 눈치를 봐?"

저.. 다른 선배가 말하기를.. 미용사는..
눈치를 잘보라고..

아우. 어쩌라는 거지?
난 지금 무엇을 하고 있는 거지?
난.. 분명.. 예술가로써.. 멋있는 직업인데..
아무도 해야 할 일과 기술을
첫 날에 알려주지 않았다.
그렇게 12시간이 흐른 뒤 모두가 수고하셨습니다.
라며 퇴근인사를 할 때 모두가 나에겐
넌 눈치가 없니?!라는 말을 해주며 퇴근을 하였다.
머릿속이 복잡해진다. 다리는 너무나도 아프고 흑흑
다리는 자고 일어나도 안 풀릴 정도로 아파왔다.
다음날 아침 아픈 다리를 이끌고 출근을 했다.

오늘은 내가 기필코 눈치를 볼 것이다! 다짐과 함께
또 역시 출근하는 나의 그림자를 보며 당당한
걸음으로 출근하였다.

자! 오늘은 어제처럼 서있지만은 말아야지.
생각했던 것도 잠시.. 내가 할 수 있는 일은 역시나
아무것도 없었다ㅠㅠ 그래도 할일을 찾자!
미용계의 대부 비달사순도
첫 입사부터 저런 기술력이 있지 않았을 터!
이곳에 있는 모든 선배들도 처음부터 미용인이지
않았을터! 그때 당시 내가 할 일은
문지기.. 어서오세요! 안녕히 가세요!
혹은 차&음료서빙하기, 매장정리하기, 선배님들이
시술이 끝난 후 바닥쓸기 뿐이었다.
그래도 최선을 다해 오는 손님들에게 족족 인사를
건넸고, 차를 드리고 안내를 해주었다.
시술이 끝나면 바닥을 쓸고 청소를 하였다.
그러니 첫날보단 시간이 빨리 갔고 오늘은 퇴근할때
눈치 없단 소리를 듣지 않았다.

음.. 난 눈치 보지 않았는데..?
오늘은 눈치 없단 소릴 안하네?ㅎㅎㅎ
그 다음날 삼일차가 되던 날 어제와 같은 일을 하고
있었는데 원장님이 모두를 집합 시킨다.
그리고 나에게 스포트라이트를 비춰주셨다.
"모두 여기 형철에게 샴푸 가르치도록!"

오호홋 샴푸라?!?! 재밌어 보인다!!!
드디어 손님에게 말을 걸 수 있는 단계로
넘어 가는 건가~~!!?~ 샴푸 뭐 대~충 물 적시고
거품 대충 내서 빡빡 문질러주다가
헹구면 되겠지!!??ㅎㅎ 상상을 펼치며 샴푸를 배웠다.

그런데 선임이 지금 무슨 소릴 하는가?
도통 알아들을 수 없는 스킬 명을 말하며 두상의
포인트와 혈 점을 말하며 세부적인 테크닉을
설명한다.

?,,,,그냥 대충..거품내고..? ;;

샴푸는 내가 상상한 부분과 다르게 너무나 어려운
스킬이었고.. 손이 따라가질 못했다.
전혀.. 대충이 아니었고 혼신을 다해
심지어 영혼까지 불어넣어야 되는 기술이었다.
손끝 마디의 강약조절이라는 말도 안되는
컨트롤과 두피의 혈 점들을 외워야했고 순서와 뜸의
타이밍을 몸에 익혀야 됐다.
이거.. 마스터 하는데 7년은 걸릴 기세였다.
생각보다 멋있고 쉬운 일이 아니었다.

일단 12시간 서있기를 기본으로 한다.
바닥청소하기, 세상에서 가장 어려운 기술! 샴푸하기,
이 3가지를 바탕으로 하며 며칠을 보낼 땐..
그만두고 싶은 마음이 굴뚝같았다.

이게 미용인가..이게 예술인인가...

나는 누구이며 또 여긴 어디인가..

멘탈붕괴가 되었다..
내가 앞으로 해야 할 일이 이 것 이라는 생각이 들 땐
정말이지 그곳은 멋있는 뷰티샵이 아닌 지옥이었다.

이때 누구나 한번쯤 오는 바로 미용사의 미용권태기.
일명 3.6.9 권태기 중에
바로 첫 번째 제 3의 권태기가 찾아온 것이다.
3개월 정도가 지나면 누구나 찾아오는 이 권태기.
권태기가 오는 이유는 지금껏 말한 이유들 때문이다.

그리고 무엇보다 내가 상상해오던, 생각해오던
미용과는 일의 업무가 너무 다르기 때문이다.

내가 상상한 미용은 몸매 쫙 빠진 가위를 현란하게
돌리며 영화「가위손」속처럼 커트를 화려하게 하며
여성 손님들을 다루는 미용이지만
그 상상이 완전히 무너지고야 말았다.
너무도 힘든 하루하루의 반복.
샴푸를 마스터하기 전에는 다음 기술을 배울 수 없다.
샴푸도 못하는 사람이 파마는 말 수 있겠느냐 라는
선임들의 충고다.

샴푸도 못 하는게 무슨 드라이를 해? 가서 샴푸나해~
처음에만 신선했고 재밌었던 샴푸는 서서히 시간이
지나면서 지쳐 갔다.

샴푸는 더 이상 나에게 재미있는 일이 아닌
뒷마무리 하는,
거품내고 닦는 설거지와 다를 바가 없었다.

샴푸를 그만 하고 싶은데, 파마를 말아보고 싶고,
드라이를 해보고 싶고, 염색을 발라보고 싶은데.
난 언제까지 샴푸만을 할 것인가?
이제 샴푸 잘 하는데,
왜 그 이상의 것을 안 시켜주지?!ㅠㅠ

나중에야 깨달았지만, 내가 샴푸를 잘하고 못하고는
동료 직원들에겐 관심 밖이었다.
설령 내가 샴푸를 잘 한다는 것을 알고 있어도
나는 샴푸만을 할 뿐이었다.

왜냐 하면 미용실이라는 단체는
원장님이 계시면 그 밑엔 디자이너가 있고,
디자이너가 있으면 그 밑엔 인턴이 있다.

이 말은 곧 누군가는 돈을 받고 누군가는 스타일을
연출하지만
누군가는 샴푸 및 뒷마무리를 해야 한다.
고로 내 밑으로 후임이 들어오지 않는 한!
나는 막내인 것 이다.
몇 개월이 지나도. 그럼 막내를 벗어나기 위해선!
내가 마지막 입사자임으로
남들과 똑같이 자고 남들과 똑같이 놀면 결코 저
남들을 역전 할 수 없다고 생각이 들었다.
또 한 보이지 않는 장애를 갖고 있어 속으로나마
남들보다 두 배는 노력해야 남들과 비슷해지겠다는
생각을 갖게 되었다.

"누군가 손님을 받고 있다면, 그 나머지들이
뒷마무리를 하는구나?"
"내가 만약 장갑을 끼고 파마를 말고 있다면, 내가
파마를 마는 동안에 샴푸나 바닥일은 나머지 친구들이
하는구나."

내가 그 나머지가 되지 말아야지.
이런 생각을 갖게 되었고
그러기 위해서 항상 남들보다 한 시간은 일찍 와서
연습을 하였고 퇴근 후 매장에 홀로남아 연습을
하다가 매장에서 잠을 자는 경우도 허다했다.
샴푸대에 누워(마치 찜질방 안마의자같은 편안함)이였다.
수건이 이불이 되고 얼굴만 무섭게 있는
가발머리통들이 나의 말동무가 되어주며 그렇게
가발들과 동고동락을 하였다.
와인딩, 염색 약 바르기, 드라이 컬 만들기 등 기술은
그 누구도 먼저 내 손을 잡고 알려주지 않는다.

기술직이라 조금은 치사하다 느낄 수도 있겠지만!
현실은 냉정한 것이다.

그들도 힘들게 배웠기에.
남에게 무보수로 알려주기 싫은 것이다.

뭘 알아야 제대로 된 연습을 할텐데.
내가 하는 것이 맞는건지? 틀린건지?
알아야 연습을 할텐데..
그렇게 몇 개월간 선임의 어깨 너머로
선임이 하는 손동작을 기억하고,
일명 "텐션"의 타이밍을 유심히 지켜보았다.
그리고 모두가 퇴근한 텅 빈 매장에 아까 본 것을
기억하여
연습을 따라 해보았고 이런 식으로 어깨 너머로 배운
걸 흉내내며 시간을 보낼 때 그때 선임들이 나를
처음으로 알아 봐 준 것 이다.
형철이는 열심히 하는 아이구나!
뭔가 해 보려고 하는 아이구나!
그렇게 하여금 나를 알아봐준 내 미용인생에 첫번째
스승님을 만나게 되었다.
그분의 존함이.. 바로 “젝키” 선생님이다.
젝키 선생님으로 부터 실전 미용을
조금씩 배우기 시작했다.
와인딩의 텐션, 밴딩법, 두상에 대한 각도를 배우게
되었다.

심지어 시술 후에도 머리 건조하는 법이 있다는
걸아시나요? 모류에 따라 모질에 따라 다르다는 것.
심지어 샴푸 복습까지도!
그러면서 시간이 흘러 미용 밥을 오래 먹고 점차
미용실에 적응해 나가기 시작하였다.

이제 더 이상 내가 하는 일은
문지기&청소하기&샴푸하기가 아니었다.

그 옛날 미용을 처음 할 때 선임들이 말씀하셨던
"눈치"가 무엇인지 그때서야 비로소 깨닫게 되었다.

이 눈치를 깨닫기 까지 1년이란 시간이 넘도록
걸렸다.
그때 그 눈치는 바로 곁눈질로 보는 그런 눈치가
아니고 선배가 시키지 않아도
지금 무엇이 필요한지 먼저 캐치해서 하는 일이었다.

예를 들어
지금 매장에 손님이 두 명이 있다.
한 명은 커트손님, 한 명은 파마손님이다.
각 디자이너가 한명씩 붙어서 시술을 할 때
나는 커트손님 뒤에서 얼굴 털이개를 들고
커트 손님 뒤에 서있으면?

눈치가 없는 녀석이 되는 것이다.
그 이유는 커트는 어차피 혼자 시술하는 것 이고
내가 도와줄 수 있는 일이 없다.
커트를 치고 있는 디자이너가 내가 필요할 땐 언젠가?
바로 샴푸할 때 이다. 샴푸할 때만 내가 필요하지
나머지 시간은 뒤에 있어도 내가 도움을 줄 수 없다.

하지만 파마 손님을 맡은 디자이너 뒤에는 내가 지금
당장 도움이 필요하다. 롯드를 집어 주거나 파지를
집어주거나 고무줄을 잡기 편하게 집어준다면?
그 디자이너는 나를 필요로 한 사람이 되는 것이다.

사람이 세수를 하면 수건이 필요한건 당연하듯.
선임이 세수를 할 때 멍하니 있으면
"야 수건 가져와" 라는 명령을 하게 된다.
하지만? 세수를 하고 계시는 선임의 입에서
명령이 나오기 전에 내가 먼저 수건을 들고 가준다면
명령이 아니라, "고마워" 가 되는 것이다.

어차피 내가 할 일이라면 미루지 말고
어차피 해야 될 일이라면 지금 하는 것이다.
이것이 미용사들이 말하는 눈치였다.

지금 와서 생각해보면 어려울 것도 없는 일이였지만
그때 당시엔 너무도 어렵게만 느껴졌다.
일이 쉬워진 것이 아니다.
내가 그만큼 미용의 시야가 넓어졌고,
실력이 늘었단 증거다.

● 정답 없는 미용(3.6.9 미용 권태기)

믹인도쿄 뷰티살롱이라는 화려한 첫 데뷔를 마친 후
고등학교를 졸업하고 미용대학에 진학하면서 성인이
된 후 더 나아가 타 지역들을 탐방하였다.
그 이유는 나는 항상 새로운 곳을 좋아 했다.
지인도 없는 지역, 잘 모르는 외딴 지역에 가서 나
혼자 짐을 꾸리고 살아가는 그런 자립심을 좋아했다.
새로운 장소에서의 적응은 어려서부터 하던 것들이라
언젠가부터 신선함으로 다가왔고 그렇게 하여금
스스로 나는 독립심과 자립심을 키우는 것이라
생각했다. 그리하여 집에서 무일푼으로 등 뒤에
배낭을 맨 체 어디든 맨땅에 헤딩을 하러 밖을
나갔다. 나에겐 미용이란 빽이 있었고 미용에 대한
열정만 있다면 어느 지역을 가던 아무도 없는 곳에
가던 혼자 먹고 살 수 있을 것 이라는 자신감이
있었다. 그렇게 하여 무전여행 하듯 각 지역을
탐방하기 시작하였다.
나는 친구도, 부모도, 고향에 둔 채 외로운 서울하늘
아래 가진 거라곤 낡은 가위 하나.
믹인도쿄 근무할 때 벌어들인 수입을 모두 탈탈
털어산 가위만 믿고 무작정 떠났다.

어느 지역으로 갈 것 인지.
아무 생각도, 목적도 없이.
행선지 없이 내 마음이 끌리는 곳으로 무작정 떠났다.
그렇게 도착한 곳 은 서울.

나는 이제 더 이상 물러날 곳이 없었다.
무작정 디자이너가 되겠다는 오로지 이 한 가지
생각만으로 떠돌이 생활을 하였다.
동네 미용실은 싫었다.
폼생폼사라 무식해도 멋져보여야 했나 보다.
어쩌면 나 자신조차도 그 정도의 프라이드는
시답잖은 미용실은 만족 못했는지도 모르겠다.

그리고 각 지역에 갈 때마다 믹인도쿄의 입사할
때처럼 문을 박차고 들어가 입사를 하였다.
분당/수원/수지/용인/안양/서울/동탄 등 여러
지역들을 경험함으로 각 지역들의 특색과
손님층&스타일을 배우며
20대 초반을 활동적으로 지냈다.

그때 또 새로운 경험들을 하게 되어
많은걸 배울 수 있었다.

이 때 또 한 누군가 알려준 것이 아니고 스스로 발로
뛰며, 어깨 너머 본 나의 경험에서 알 수 있던
것들이다.
각 미용실 마다 크고 작은 "룰" 이 있고
각 디자이너, 개인마다 기술, 습관, 버릇, 행동, 생각,
대처법들이 다르다,
그 누구하나 복제인간처럼 똑같지 않다
`한 미용실에 4명의 디자이너가 있어도 그 4명의
스타일은 다 달랐다.
A 디자이너는 샴푸할 때 탑을 먼저 헹군다면,
B 디자이너는 사이드를 먼저 헹구는 이런 식이다.

파마도 어떤 부분에서 텐션을 주느냐.
드라이도 열을 언제 어떻게 뜸을 드리느냐.
조금씩 다 달랐다.
고로 나는 지역을 옮길 때 마다 여태 내가 익힌
것들은 사용 할 수가 없었다.
믹인도쿄에서 익힌 샴푸와 와인딩 등의 방법은
믹인도쿄에서나 할 수 있는 것들이었고
타 지역 타 미용실 타 디자이너 앞에선
다 틀린 행동 들이었다.
그래서 타 미용실 타 디자이너 앞에 가선
그 미용실 그 디자이너만의 방법으로 하여야만 바로
정답 이였던 것이다.

사실 미용엔 정답은 없다.
방법은 다 다르되 정답은 똑같고,
방식이 다른 것이다.

하물며 샴푸도 헹구는 순서와 방법은 다르지만,
결국 거품을 완전히 빼고 깨끗이 헹구는 결과는
똑같다 이거다.
어떤 방법은 정답이고 어떤 방법은 오답이고
이러한 틀이 없다.
자기 스타일대로 하되 결과만 완벽하면 되는 것.

"미용에 정답은 없되 정석은 있다."

라는 것을 깨우치는데 몇 년 이라는 세월이 지나서야
조금 알게 되었다.

왜냐 하면 매장을 옮길 때 마다.
내가 서포터 해주는 디자이너가 달라질 때 마다.
그 디자이너들은 다 나에게 틀렸다고 말을 하였고
꼭 자기 방식대로 해야만
정답이라고 말을 해주었기 때문이다.

A 디자이너와
B 디자이너가

서로 배운 것이 이렇게 다른 것이다.
서로들 정답이라고 믿고 배우고 익힌 것들만
"정답" 인 것이다.

결국 방식은 같지만 방법과 진행 순서가 다른 것이다.

나는 A 디자이너 뒤에선 A 디자이너만의 방법으로
A 디자이너를 서포터 해주고,
B 디자이너 뒤에선 B 디자이너만의 방법으로
B 디자이너를 서포터 해준다.

그러다 보면 내 손에 익은 것 내 손에 더 잘 맞는
것이 무엇인지 구분이 된다.
와인딩 하는 법은 A 디자이너 방법이 내 손에 더
편하고 쉽다.
그렇지만 드라이 하는 방법은 B 디자이너 방법이 내
손에 더 맞고 더 편하다.

그럼 난 A 선생님에게 와인딩 하는 법을 배우고
익히고 드라이는 B 선생님 기술을 배우고 익힌다.

이런 식으로 두 명.
더 나아가 C 디자이너, D 디자이너.
정말 셀 수도 없는 많은 디자이너들.
다 다양한 스타일 방법들 중
내 손에 맞고 나한테 편하고 내 손에 쉬운 것들만
뽑아내서 하나의 내 것을 만든다.

이것이 나중에 내가 디자이너 됐을 때 나만의
방법이고 나만의 노하우이며 나만의 스타일이 된다.

하물며 샴푸를 해도 네이프는 A 디자이너 방법대로
헹구고 사이드는 B 디자이너 방법대로 헹구며
탑은 C 디자이너 방법대로 헹군다.

이렇게 3명의 디자이너에게 배운 것 중 내가 더 편한
것들만 모아서 혼합 된 나만의 방법이 탄생된다.

나뿐만 아니라 모든 헤어디자이너들도 이런 식으로
자기 자신만의 색깔과 스타일이 있다.
그래서 자기만의 방법이 최고, 최선이라고 생각 한다.
그래서 다른 방법은.
오답이라고 말하는 것이다..

이것을 깨우치는데 오랜 시간이 걸렸다.
여러 타 지역 여러 타 매장을 돌아다니며
이런 사실들을 배우고 익히게 되었다.

그렇게 유년 시절을 보낸 뒤 대학마저
종강을 한 이후 이제 막 사회초년생이 되자마자 바로
미용실에 정식입사하게 되었다.

바로 마샬뷰티살롱 이라는 곳이었다.
이제는 학생의 신분으로.
알바 개념이 아닌, 정식 직원으로
정식 미용사가 된 것이다.
어디 가서 누구에게 직업을 말해줄때 "미용사다" 라고
말하는 직장인이 된 것이었다.

마샬이라는 고급 브랜드를 달은 이 미용실은
소수의 고객층을 유지하되
굉장히 고가의 고급 브랜드 샾이었다.

여지껏 내가 알바로 돌아다니던
일반 미용실과는 사뭇 달랐다.

마치
일반 식당과 고급 레스토랑의 차이라고나 할까..

다시 또 새로운 매장에서 새로운 사람들과 다른 룰과
방식으로 다시 적응을 해 나가며
여기서 나의 미용인생 두 번째 스승님을 만나게 된다.

일명 바비 선생님이라고^^
여기서 반전은 바비 선생님은
남자선생님인 것이라는 것이다..ㅎㅎㅎ
역시 미용사들답게 존함들이 다들 독특하였다ㅠㅠ
나는 나중에 무슨 선생님이 될까..?
믹키?으캬캬캬
마샬뷰티살롱에서 새로운 고급브랜드만의 서비스를
다시 배우기 시작했다.
단 기간에 여러 곳을 옮겨 다녔기에..
경력을 오랜 기간을 인정해주지 않았다.
나 나름대로 샴푸, 파마, 염색
다 할 줄 아는데..
인정을 받지 못하는 것이다.

바비 선생님 말씀이 네가 어디서 어떤 일을 배웠고
여태 어떤 식으로 일을 해왔는지 모르겠지만
우리가 볼 때 넌 아니야. 넌 다시 해야돼.

이제 마샬에 왔으니
마샬만의 법으로 다시 시작하자라며 인정받지 못했다.
왜냐하면 나는 한곳에서 오래 있던 게 아니고 떠돌이
생활을 했다는 것이 이유다.
그 때 또 한 가지를 배우게 되었다

같은 2년 이여도 한 곳에서 2년을 보낸 것과
10군대를 돌아다닌 2년과는 또 다른 것이었다.

그래.. 어차피 학생신분으로 알바를 했던 거였으니깐..
나로썬 어쩔 수 없었어.
이제 정직원이 되었으니, 지금부터.
다시 처음부터 열심히 해보자.

그렇게 나는 바비 선생님에게 개인레슨을 받으며
하루하루 연습 또 연습의 반복 이였다.
가발에 파마약 대신 린스를 파마약이다 생각하고
도포하고 그 위에 와인딩을 말아보았다.
약 대신 바른 린스는.. 엄청나게 미끄럽단 소리다..

그럼 파지도 엄청 잘 빠지고 손도 미끄러워져 말기가
너무 어려워진다. 그래도 이렇게 연습을 한다면.
린스를 바르고도 잘 말수 있을 정도로 연습을 한다면.

나중에 실전처럼 린스가 아닌 파마약 이라던지 물만
도포하고 말 땐 날아다닐 만큼 잘 말수 있게 된다.
그 옛날 배드민턴 선수 시절
볼 통으로 공을 치는 연습을 하다가 라켓으로 치는
그런 효과라고 할 수 있겠다.
그렇게 바비 선생님만의 일명 린스와인딩 연습을 매일
하면서 시간을 보냈다.
때로는 친 형처럼 잘 챙겨 주셨지만 때로는 악덕한
선배로써 정말 모질게 대해 주셨다.
근무 외 시간엔 당구장에 데려가 당구도 같이
쳐주셨으며 바비 선생님의 오토바이를 타고
제부도 드라이브도 자주 가곤 했다.
그렇게 그분과의 3년간의 동고동락이 시작되었다.

그렇게 선생님의 오토바이를 타고 드라이브를
다니면서 나는 새로운 관심사가 생겼다.
오토바이.. 20대 나에겐 너무도 재미있는 일 이였다.
과거에 수차례 죽을 고비를 넘겼다는 사실을
모두 잊을 만큼의 신세계였다.
어느 새 가게의 직원들 중 4명이 모두
125cc의 스쿠터를 장만하게 되었다.
우리는 퇴근 후 이 곳, 저곳으로
자주 드라이브를 다니곤 했다.

하지만 글쓴이는 성격이 안 할 거면 확실하게 안하고
할 거면 제대로 확실하게 하는 성격을 갖고 있다.
그래서 오토바이 또한 안 탈거면 안탔지.
탈거면 제대로 확실하게 타기를 좋아하여 글쓴이만
혼자 250cc의 일명 R차 라는 300여만원짜리의 고가
오토바이를 무려 14개월 할부로 샀다.
이렇게 나는 3명의 동료들보다 월등히 초월하는
속도를 자랑하는 오토바이가 생겼다.
우리는 여느 날과 다를 것 없이 모두 퇴근 후 자주
가던 제부도로 향했다. 몇 번 갔던 길이라 이젠
익숙해진 길이였다.
더군다나 새벽이라 차도 없고 완전히 도로 위에
무법자가 되어 질주했다.
어느 새 알고 있는 직진코스에 진입하였다.
꽤 오랫동안 직진만을 한 다는 걸 모두 알고 있었다.
모두 일정한 간격을 두고 줄 맞춰서 주행하자는
약속을 어기고, 나는 그 3명들 보다 월등히 좋은
엔진을 자랑하고 싶어서 5단 기어를 넣고 시속
180속도로 달렸다. 어차피 직진이기에 먼저 가서
기다리고 있어야지.
그리고 놀려 줘야지.
한숨 자고 있었는데 이제들 오셨냐고..ㅎㅎㅎ
그렇게 시속 180정점에 도달 했을 때 갑자기 시야가
확 좁아진다.

그리고
태어나서 그런 속도를 내 본적 없는 내가 너무
감당하기 어려운 컨트롤이 안 되는 속력이었다.
시야도 좁아지고, 너무나 한 순간 이었다.
몇 미터 앞에 목표물을 피하기란 힘들었다.
가드레일에 내가 계산한 것 보다 너무나도 빨리
순식간에 그 목표물에 도착하였다.

그렇게 나는 최고 속력에서 가드레일을 박고 불꽃을
튀기며 충돌하였고, 오토바이는 회복 불가능 할
정도로 부셔지고 그렇게 나의 300만 원짜리
슈퍼R차와 이별하게 된다.

♪♩잘가요 내 소중한 사랑..♩♬ 고마웠어요..

오토바이가 그 정도로 박살이 났다면 나는 어땠을까?
무사했을까?
지금 생각해도 아찔하고 끔찍한 상황의 장면이다.
어떻게 보면 이것 또 한 죽을 고비라면
죽을 고비중 하나인 것이다.
하지만 어려서부터 죽음과 삶의 경험이 많은 내공이
쌓인 불사신 나로썬 익숙한 상황이었다.
이때 나는 과연 불사신답게 어디 하나 다치지 않았다.

마치 불사신의 버프인 “생환대법” 이라는 마법을 쓴
듯, 부러진 곳은 당연 없었다.
인대가 늘어나지도, 근육이 놀래지도 않았다.
어디 하나 다친 곳 없이 나의 300만 원짜리의 R차를
폐차 시켜야 된다는 돈 아까움과 아쉬움만이 남았다.
참으로 비싼 300만 원짜리 드라이브와 300만원
어치의 놀이였다.
그렇지만 놀란 가슴은 쉽게 진정이 되지 않았다.
그때나 지금이나 너무도 아찔하고 무서운
상황이었기에 그 날 이후로
저자는 더 이상 오토바이 핸들을 잡지 않게 되었다.

다시 일상으로 돌아와 바비 선생님과의 동고동락.

앞전에서 미리 몸으로 느낀 것이기에 나는 더 이상
떠돌이 생활을 하지 않고, 3년간을 only 마샬에서
나의 20대 초반을 쏟아 부었다.

그러면서 이젠 샴푸가 아닌 다른 기술적인 것들을
배우게 되었다. 파마, 컬러, 두피, 케어 등
오히려 샴푸는 식은 죽 먹기였다.
처음 미용입문해서 샴푸를 배울 때의 어려움을
느낀 것과는 차원이 달랐다.

파마도 그냥 대충 파지를 대고 마는 것이 아니라
정확한 angle(각도)와 coming(빗질) tension(당기는힘)
삼박자가 정확히 맞아 떨어져야하고 그것들을
마음대로 컨트롤하기까지는
3년을 꼬박 연습했어야만 했다.
파마에는 종류가 무수히 많다.
그래서 파마는 샴푸보다 더 어렵고 힘들었다.
기본적으로 많이 하는 기본펌, 다대, 열펌, 셋팅,
디지털펌, 매직, 볼륨매직, 트위스트펌, 르네상스 등
이 외에도 너무나 다양하다.
어떤 모발에 어떤 약을 발라서 어떤 방법으로
와이인딩을 할 것인가?
몇 분을 방치할 것인가?
중화시간을 얼마나 볼 것인가?
이외에도 수많은 경우에 따라 디자인이
천차만별이기에 단기간에 마스터 할 수 있는
일이 아니었다.
파마는 미용실의 가장 기본에 속하는 시술이다.
실제로 미용실에 오는 손님 10명중
절반 이상이 파마 손님이기 때문이고, 미용실도
수입을 올리기엔 파마만큼 좋은 게 없어 파마에 큰
비중을 둔다.

여지 껏 손님으로 다니며 내 머리를 파마하며
아무것도 아닌것처럼 보였던 파마가 어려운
일이었다니! 가끔이지만 10년차 디자이너 선생님들도
가끔씩이나마 실수를 하여 제대로 된
웨이브가 안 나오는 경우도 종종 있는데 어찌 나라고
단 3년 만에 마스터 했다고 자부 할 수 있겠는가..ㅠㅠ
파마는 아직도 미완성이며, 앞으로 나아가 내가
오너가 되어도 파마의 끝(마스터)는 없을 것 같다.
샴푸가 끝났다 하여 새로운 파마를 나가도.
그리고 파마를 어느 정도 할 줄 안다고.
컬러링과 드라이가 들어갔다 한들.
미용에서 사실 끝(마스터)은 없는 것이다.
평생 공부이며 평생 미완성으로.
늘 부족하지만 노력할 뿐이다.
또한 내가 미용을 몇 년간 하면서 느낀 것 이지만.
미용엔 정말 "정답"은 없는 것 같다.

그렇다. 미용엔 정답은 없는 것이다.
디자이너가 손님과의 상담으로 어떤 방법이든
그 디자이너만의 방식으로 스타일을 연출하고,
그 스타일을 손님이 만족한다면
그것이 정답이 되는 것이다.

그리하여 인턴(스텝) 과정을 밟는 동안
나는 여러 명의 디자이너 스타일을 다 익히고 다
배워야 좋은 것이다.
A.B.C.D.E... 그래서 A 선생님 뒤에선 A선생님 방식,
B 선생님 뒤에선 B 선생님 방식대로 다 맞추는 것이
바로 인턴인 것 이다.
이것을 다 못 맞추는 인턴이 바로 앞전에 말했던
샴푸와 뒷정리를 하는 초보인턴이고
각 선생님들의 스타일을 다 파악하고 맞춰주는 인턴이
바로 눈치가 빠르고 일을 잘하는 인턴이다.

나는 마샬에서 3년간 이것을 배웠다.
3년간 마샬에서 배운 진짜 미용 기술을 배운 것이다.
미용 기술은 파마 말기, 약 바르기가 끝이 아니었다.

미용하는 것이 직업이고 밥을 벌어먹는다면,
파마 말기. 약 바르기. 컬러 뽑아내기 등은 기술이
아니라 기본인 것이다.
당연한 것이고 당연히 할 줄 알아야 미용사다.

마샬에서 배운 미용사의 기술인 고객과의
커뮤니케이션, 모발진단, 그리고..
눈치와 살아남는 방법을 깨우치게 된 것이다.

따라서 내가 아무리 횟수 개월 차로 5년이 되었다
한들 난 5년차 미용사가 아닌 것이다.
파마, 컬러링, 드라이 등 할 줄을 안다 하여도
여러 선생님의 스타일과 방식을 맞출 줄 모른다면
나는 말로만 5년차 인 셈이다.
실질적으로 인정되는 경력은 5개월 정도뿐이다.
반대로 경력이 비록 6개월밖에 안 됐지만 타고난
천재성으로 모든 선생님들의 스타일을 맞추며, 내가
3년이 되어서 비로소 깨달은 미용실의 눈치의 룰을
6개월 만에 깨우친다면 그 사람은 3년 이상의
경력자로 인정이 되는 것 이다.

"나의 이력서는 종이와 펜이 만드는 것이 아니고
나의 손가락과 기술이 나의 프로필이 되는 것이다."

그리고 여기서 중요한 한 가지가 있다.
선배들로 하여금 자주 듣던 소리가
미용은 좁다. 미용시장은 좁다.
결국 다 아는 사람들이고, 아는 사람들의 아는
사람들이다. 라는 말을 이해하기 시작했다.
나는 유람하며 정말 안 들어가 본 매장이 거의 없을
정도로 많이 돌아 다녔고, 나중에 내가 마샬미용실에
입사했을 때 안양에서 만났던 선생님이 나중에
입사하셨다.

다른 미용실에 갔을 때 믹인도쿄에서 만난 선생님이
원장님이 되셔서 면접을 보곤 하였다.
서울에 있을 때도 다른 매장에서 나를 안다 했었고,
내가 안 좋게 퇴사하거나 잦은 이직을 하면 결국 다
소문이라는 게 나고, 나라는 사람을 미용하는
사람들은 넌지시 알게 되었다.
나는 뜻하지 않은 유명인(?)이 되어있었다.

그렇게 돌고 돌아 정착한 마샬뷰티살롱.
여기선 정말 떠돌이생활 그만하고 마음잡아야지.
그래도 진짜 첫 믹인도쿄 때 보단 훨씬 일이
수월했다. 적응도 하루만에 해버릴 정도 였다.
더 이상 12시간 서 있는 건 나에게 있어 기본 중에
기본이었다. 다리도 아프지 않을 정도였다.
기본기를 갖고 있으니 어차피 금방 치고 올라갈
것이라는 생각으로 다시 마샬의 막내로써.
막내가 하는 일부터, 점차 올라가기 시작했다.

미용을 하면 할수록 자꾸만 새로운 것을 알게 되고
뒤늦게 되서야 깨닫게 되며, 오히려 경력자가 됐을 때
일이 더 힘들고 어려워진다.

나는 아직까지도 내가 그토록 사랑하는 가위를
미용실에서 단 한 번도 잡아보지 못했다.

미용실에서 가위를 잡는다는 것은 대단한 일이였으며
정말 피와 땀과 노력으로 맺어진 경력이 채워지지
않으면 잡을 수 없는 큰 일이였다.

미용실에서 가위를 잡는다는 것 자체가
동료 직원들 사이에선 우월감을 느낄 정도였으며
가위를 잡지 못하는 직원들은
부러움과 고달픔을 겪는다.

이제 나도 한 매장에서 3년을 채운 경력자가 되었을
때 자기개발과 새로운 장소에 가서 새로운 또 다른
것을 배우기 위해 더 큰 시장, 바다로 나가게 된다.
서울에 너무도 흔하게 알려져 있는
박xx 미용실이었다.

가위를 잡고야 말겠다. 디자이너가 되겠다. 라는
마음가짐으로 외길만을 걸어 왔다.
이제 나도 반 미용사가 다 되었다
12시간 서있는 건, 이제 12시간 앉아있기보다 쉬웠다.
샴푸는 달인이 되어 눈을 가리고 손가락의
감각만으로도 가능해졌다.

이제 내 후임들도 많이 생겼으며 나는
이제 일반인에서 미용사, 미용사에서 디자이너가 되는
과정을 준비하기 시작했다.
커트 기술을 배우기전에 먼저 익혀야 될 것들이 너무
많았다.
파마 말 줄 안다고 파마를 마스터 하는 게 아니고 약
바를 줄 안다고 컬러링을 할 줄 아는 게 아니었다.
앞에도 말했다 시피, 디자이너라면 어떤 모발에 어떤
약을 어떻게 도포해서 어떻게 시술하며 몇 분을
타임을 어떻게 방치하며 어떻게 헹구는가?
더 나아가 어떻게 말려서 드라이 하는가? 까지 익혀야
하고 고객과의 커뮤니케이션으로 그 고객의 마음을
읽는 심리학적 기술도 필요했다. 단순히 디자인의
기술만으론 디자이너가 될 순 없었다.

내가 맡게 되는 손님이 내가 해주는 연출을
집에서 흉내 내거나 따라 할 수 있으면 그 손님은 더
이상 나를 안 찾는다.
고객이 흉내 내거나 따라할 수 없는 나만의 스타일을
연출해야 고객은 내가 있는 곳으로 나를 찾아온다.

고객의 마음을 읽는다는 것이 얼마나 힘든 일인가..
기술만 익히면 되는 것이 아니었다.
난 아직 커트는 무슨.. 가위조차 잡아보질 못했는데..

언제 이런 걸 익혀서 언제 가위를 잡아볼지..
너무도 오랜 시간을 한 길만을 고집해서 인가
너무도 지쳤고 너무도 버거웠다.
산 넘어 산의 반복이었고, 이쯤 되면 모든 미용인들이
공통적으로 생각하는 것이 있다.

"미용.. 내 길이 맞나?"

의심이 되기 시작했다.
생각해보면 나는 타고난 천재성으로
빠른 기간 안에 기술을 빠릿하게 습득하지도 못했다.
눈치도 없어서 힘들었고, 손재주도 없는 것 같다.
이쯤 되면 모든 미용사가 온다는
바로 그.. 공포의 미용 3.6.9 권태기

두 번째 권태기
제 6의 권태기가 찾아온 것이다.
6의 권태기는 3의 권태기의 두 배는 더 심각해진다.
이정도가 되면 미용의 美자만 들어도 소름이 돋는다.

이 경지까지 오게 된다면 방황을 하게 된다.
결코 이득 되는 방황은 아니다
미용실을 그만두고 쉬며, 놀며. 허송세월을..
보내게 된다..

충분히 쉬고 놀며 허송세월을 보내던 어느 날.
내 통장 잔고는 바닥이 났고..
지금까지 미용을 하겠다고 벌어들인 수입은 제로에
가까웠다.
남은 건 눈치와 경험과 잔기술뿐.
이제 나는 무엇을 하며 살아가야 되는 것일까?
미용을 다시 할 순 있을까?

고민을 하던 어느 날 우연치 않게 신문에서 반짝이는
기사를 한 줄 보았다.
모 방송국 아카데미에서 헤어전임강사를 채용한다는
구인공고 글이었다.

강사? 선생님? 지도자? 당시 내 나이 23세.
이렇게 어린 나이에 강사가 될 수 있을까?
잠깐.. 가만있자 내가 군대를 안가서 23살이지..
내가 군대도 갔다 왔고.. 난 대학도 나왔고..
대학을 나와서 실기교사 자격이 주어졌고..
미용사 자격증도 있고..
그리고 미용실 실무 경력도 제법 있고..
이정도 프로필이면.. 못할 것도 없지 않나?

혹시..이 강사 채용 또한
어려워 보이지만 그 옛날 믹인도쿄 첫 입사처럼 말
한마디면 되는 거 아닌가?
그래 일단 부딪쳐봐??!

바로 전화를 걸었다!!!!

"구인공고 글 보고 전화했는데,
헤어강사 채용 하셨나요?"

면접 날짜와 시간을 약속하고 면접을 보러 갔다.
강의 강사 경력은 없었지만, 지금부터.
오늘부터 이 아카데미에서 강사경력을 쌓고 싶습니다.

원장님께서 내 얼굴을 뚫어져라 보시더니,
나이가 어리신거 같은데.. 수강생들이 고등학생들부터
성인까지 있는데 컨트롤 가능하시겠어요?
근데.. 얼굴을 보니 잘하게 생기셨네요?^^

여기 원장님은 30대 중후반의 여자 원장님이셨다.
일단 남자를 좋아하셨고, 잘생긴 남자는 경력&면접도
안보고 채용 하시곤 하셨다.
그리고 감사히도 나의 외모를 예쁘게 봐 주셨고,
나 또한 어렵지 않게 채용되었다.

다음날부터 바로 강의실에 단독으로 들어가 강의를 하라는 제의를 받았고, 나는 그로부터 1년간 아카데미 헤어 전임강사로 생활 하였다.

● 아카데미 첫 출근

믹인도쿄 첫 출근 때 이상으로 설렘이 가득하였다.
내가 과연 몇 십 명 몇 백 명의 제자들을 길러내고
양성할 수 있을까? 나는 사실 아무것도 아닌 사람인데
미용에 미 자도 모르는 사람인데 원장님은 날 뭘 보고
뽑아주셨지?? 강의는 어떻게 시작하지? 첫 인사는
무엇이지? 설렘 반 두려움 반 호기심 반으로 정말
흥미로운 강사 첫 출근을 하였다.

오전반에 20대 초반 여자애들과 주부들이 오셨다.

안녕하세요? 오늘부터 새로 온 헤어강사입니다^^
어색하게 인사를 나누고 서먹서먹한 분위기가
이어졌다.

저..

음..

그..

전에 어디까지 하셨죠?^^ 하핫^^;

롤이요~ 파마요~ 커트요~ 나갈 차례요

저 구등분이요 십등분 노파트요 등등;;

여러 명의 목소리가 들려왔다.

사실 나는 저런 학원에서 배우는 내용들은 벌써 몇 년
전에 배운 것들이기에 다 잊어버렸었다.
학원에서 배우는 것과 실전에서 하는 미용은 전혀
다르기 때문이다.

우왁ㅋㅋ 나 하나도 모르는뎈ㅋㅋ 내가 보조강사도
아니고 메인강사로 나 혼자강의실에 있는데. 이
고비를 어떻게 헤쳐 나가지?!?!?
나는 머리를 쓰기 시작했다..
그래 어차피 내가 전임강사고 내 마음대로 나만의
스타일대로 나만의 방식대로
수업을 진행하면 되는 거야 수업하는 스타일 룰 방식
그런 건 없는 거야라는 생각으로 자신감을 가졌고
나는 모두에게 공통적으로 말 하였다.

.

.

.

모두..책을 덮습니다.
그리고 모두. 가발을 정리합니다.

오늘은 첫 출근 첫인사 첫 만남 첫 강의 첫 타임
오전타임임으로
가벼운 오티 와 자기소개, 및 상세 설명만 하고
마치겠습니다.

의외로 학생들의 반응은 뜨거웠다..

사실 그렇다 미용학원을 다니는 학생들 물론 다 는
아니지만
대부분 학생들은 놀기를 좋아하며 좀 놀 줄 아는?
그런 학생들이 많았다..
선생님 최고 멋쟁이야 오늘 수업안한데 앗싸~!

여러 반응들이 나왔다. 나는 한 명 한 명 나이와 이름
출신 그리고 괜히 궁금하지 않았지만,
시간 때우기 용으로 미용을 왜 시작하였는지 물어보곤
하였다.
이렇게 대화만으로 오전타임의 고비를 넘겼다.

그리고 곧..오후 타임이 다가 온다.
오후타임은 고등학생들 중학생들 타임이다..
얼마나 기가 쌜까 미용하는 학생들 얼마나 많을까

난 그들이 오기 전에 빨리 미용학원 실기 책을
정독하였다.
아! 맞다 9등분 이라 는건 이렇게 하는 거였지!
아 !맞다 그라 핀셋이란 이런 거였지! 하나하나씩
벼락치기를 하였다.

그리고 설레던 대망의 오후타임

생각보다 많은 학생들이 우르르 몰려왔다.
대략 50명은 되는 것 같았다.

50명이면 오전처럼 O.T를 하기엔 다소 무리가 있고..
그리고 50명이 떠들면 정신없을 것
하지만 나는 지금 강사로 이 자리에 서있다.
아이들이 보는 나는 하늘같은 선생님일 것이다. 라는
생각으로 자신감 있게 보다 정확하게 인사를 하였다.

저..음..기..음..저..

아..안;;안녕;내..가 오늘부터..너희들을 맡게 된
선생님이란다..

아이들 : ——? 뭥뮈 헐 진심?! 지대 대박 퀄킹 쩔어
푸헹헹 우끼끼

별에 별 반응이 다 나왔다.
알 수 없는 신조어들과 신조어들로
학생들은 나를 맞이해주었다.

난 왜 이렇게 떤 거지 ..

자! 수업을 시작하겠습니다!

한명 한명씩 물어봤다. 어디 까지들 했지들? 각자
진도가 다를것 자기가 최근에 했던 것을
준비한다.!

파마, 롤, 그라 핀셋 등 아까 충분히 알아봤고
연습하였다 자신 있다! 그래 나 그래도 경력자다!

파마 들어가는 아이에게 친절하게 설명을 해주었다.
이게 구등분이라는 것이란다.
파마란? 각도와 빗질과 텐션
-당겨지는 긴장된 팽팽한 힘
설명을 하며 이 3박자가 정확히 맞아 떨어져야
된단다..^^
이렇게 무리 없이 진행을 하고 있었는데..
그중에 한명이 손을 들며 질문을 한다.

선생님 저 오늘 휭거 나가는 날인데요?!

휭거라.........?

아! 맞다! 내가 잊고 있었다..휭거 웨이브 라는 것도
학원 종목에 있다 휭거는 미처 보지 못했는데 다
까먹었는데 다시 한 번 고비가 찾아왔다.

일단 준비 하렴

그런데 다행이 이 학생이 휭거를 할 준비물 도구가
준비되지 않았었다.

얘야 휭거를 하려면 휭거 젤이 있어야 되고 이런 C급
가발 뿌리가 다 서있는 가발론 할 수 가없단다.
낼까지 젤 준비하고 A급 가발 준비 하렴.
가발 준비 못 할 것 같으면, 선생님이
휭거용 가발 준비해둘게.^^
낼 젤만 준비 해오렴. 오늘은 음~ 그래 복습!
내가 너 파마 마는 거 본적이 없으니 한번 봐줄게 ^^

고비가 넘어갔다.
하지만 50여명이 동시에 손을 들며

이쪽저쪽 에서

쌤~~쌤~~ 여기요~~ 저기요~~~다 했어요~~ 봐
주세요~~

저 오늘 아파요~~ 저 오늘 약속 있어요~~

사방에서 터져 나왔다.
아이들이라 그런지 15분도 채 조용하지 못했다.

나도 첫날 첫 강의 정신이 없었는데

그때 타이밍 좋게 강의실 문이 열리며 새로운 오늘
처음 온 한생이
새 준비물들을 사가지고 들어오고 있다.

나도 처음 너도 처음. 우린 처음^^
어디서부터 설명을 하지^^?

정신이 없어진 나는 탁자를 치며 모두를 주목 시켰다.

그리고 말하였다..

두구두구두구 액션! (황금어장 무릎팍도사 효과음 中)

모두. 책과 준비물을 덮습니다.

모두들 배울 자세가 안 돼 있고 준비가 안 돼 있는데
이런 분위기와 이런 상황 속에서
나는 제대로 된 강의를 할 수 있을 것 이며 너희들은
내 말을 들을 수 있을까?

우린 오늘 첫 만남에 이런 분위기를 조성한다면
앞으로의 뻔 한 시간들은 이득 없는 무의미한 시간이
아닐까?(약간 화난 말투로)

아이들이 ~조용~ 해졌다.

오늘은 내가 너희가 누군지도 이름도 모르니.. 한명씩
나와 이름을 얘기하고 집에들 간다.
이것은 의미 없는 시간이 아니고 중요한 시간이다.
서로가 서로를 누군지 모르는데
모르는 사이끼리 무슨 교감을 하겠느냐.
우리 오늘은 서로 알아가는 시간을 갖도록 하자

어 거기 오늘 처음 온 학생. 거긴 잠깐 남구 ^^
처음 왔으니.

나는 출석부를 보며 한명씩 출석체크를 해주며 귀가를
시켜줬다..
역시나 아이들 반응은 폭발적이었다..
새로운 선생님 최고. 일찍 끝낼 줄 아는 선생님
여태까지 헤어강사님 깐깐한 정시에 보내주는
아줌마들이였는데~

그래 우리 오늘은 이렇게 인사만 하는 거야~

그 대신 너희 낼부터 열심히 하기다!?

넷!!!

모두 귀가를 시켰다..그리고 빈 강의실에 나 혼자 남아
실기 책을..펼치고
휭거웨이브를 연습하고 알아냈다..그래..미안하다
얘들아..사실 내가 모르면서 너희를 뭘
가르치겠느냐..나도 노력하여 좋은 선생님이 되볼게..

시간이 점차 지나면서 나는 정말 재미있는 유머러스한
선생님이 되었고, 아이들로부터 하여금 정말 선생님과
학생의 벽이 아닌 편한 친구 같은 오빠 같은 스승
같은 존재가 되어갔다.
시간이 제법 흘렀을 땐 나도 나만의 강의 노하우가
생겼고 스타일이 확실히 생겼으며 모든 과목은 정말
누군가에게 지도자가 될 만큼 잘 하였다.
그리고 아이들 한명 한명의 성격과 취향을 파악하여
친근하게 다가갔고 아이들로 하여금..
나는 역대 선생님들 중 이런 선생님도 있다니..라는
느낌을 받을 정도로 아이들에게 있어서 전설 같은
선생님으로 남았다. 가끔씩은 장난도 치며 재미있고
웃음이 가득한 수업 분위기를 만들어 냈으며
항상 정시보다 빠른 수업종료를 해 주었다. 아이들이
원하는 게 무엇인지 잘 알았기 때문이다.
마음대로 갑자기 수업종료! 이러진 않았고 한명
한명씩 다 했다고 나에게 검사를 받을때 마다 나는
장난 식으로 아이들에게 친근하게 다가갔다.

파마 롯드의 포지션들 자연스러운 모습 보기
좋았구요. 텐션 또 한 일정하게 고루 잘 들어갔습니다.
하지만 약간.. 손동작이 부자연스럽다는 점 시간이
오래 걸린다는 점 보완해 주셔야할 것 같고요. 뭐
그래도 가능성은 보이니 일단 합격 드릴게요.
예, 제 점수는요.

ㅋㅋㅋㅋㅋㅋ뭐 방송국 오디션 프로그램 대사를
따라한 것 이다.

그리고 또 한 어린 제자들에게는 검사 해줄
때..다짜고짜 말한다.

날 똑바로 쳐다봐.

네?

만약 우리가 강의실에서 선생과 제자로 만난 게
아니고 길에서 우연히 만난 사이야
그랬을 때 지금 나 정도면 너의 10대 눈으로 봤을 때
나는 잘생긴 편이야?~ 못 생긴 편이야?~
그리고 오빠야?~ 아저씨야?

ㅋㅋ못생긴 아저씨요

그래?

싹 풀러 올백빗질 처음부터 다시, 아니 ?
빗만 꺼내고 다 집어넣어.
너 오늘 나머지 1시간 30분동안
이 빗으로 여기 신문지 빗질해 빗질 연습해 빗질이
얼마나 중요한지 알지 다른 동작 할것도 없어.
딱 이 한가지동작만 1시간 30분간 반복해 실시!

옆 학생에게 갔다..

날 똑바로 봐

하며 한마디를 던졌다 그러자 그 옆에 있던 학생이..
바로..

꽃미남 오빠요♥

녀석 눈치하고는..
좋아 싹 푸르고 집에가^^ 오늘 수고했어..!

그리고 남학생들에겐 나만의 나 지형철만의 미용을
가르쳐 주었다. 내가 처음 미용을 하게 됐던 계기를
떠올리며.. 너희가 보는 미용은 엄청 화려하고
멋있기만 하겠지만..실전에 다녀와본 경험이 있는
나로써는.. 미용은 절대적으로 그렇게 멋잇기만 한
직업은 아니란다..
중간에 포기하고 싶은 마음도 굴뚝같을 것이고
..그렇게 멋있는 일만을 하게 되진 않을 거야.
하지만 나는 다른 미용사들과 다르게 눈에 보이는
겉모습도 중요하다고 생각한다.
그래서 나는 미용에 미 자도 모를 때부터 가위를
구입하여 쌍절곤 돌리듯 돌리는 연습을 하였고 지금은
가위 돌리기..만큼은 동영상UCC가 될 만큼 화려하게
그 누구보다 잘 돌린다. 이것이 바로 미용이다.
다른 미용사 들은 겉 멋뿐인 것 부질없는 짓이라 말할
수도 있지만 나는 다르게 생각한다.
보여지는 것이 전부는 아니지만 보여지는 것이
중요하다고 생각 든다. 나와 같이 관심사가 있고
호기심이 있다면 내가 가르치는 데로 잘 따라 오돼.
나중에 어디 가서 나한테 배웠다곤
하지마라ㅋㅋㅋㅋㅋㅋㅋ
혼~~난다 아주 샴푸도 못하는 게 어디서 가위를
돌리냐고 ~~ㅋ

등등 장난을 많이 치곤하였다.
그러면서 점차 나의 본업은 잊어가게 되고 아이들과
하루하루 즐겁고 행복한 나날을 보내게 되었고,
제자들 중 한두 명이 슬슬 시험에 합격하여 졸업을
하게 될 때마다 나에게 감사함을 표현 할 때 마다
더욱 보람과 행복을 느끼게 되었고 행복과 보람이
커질수록 나의 본업은 서서히 잊혀 가고 있었다.
그리고 아이들로 하여금 정말 좋은 선생님 소리를
들으며 내가 나중에 강사 그만 둔다 그럴 때 날
따라서 나온다는 아이들도 많았고..가지 말라고 우는
아이들도 있었다..
이때 나는 정말 기뻤다.. 내가 누군가에겐 저런 의미가
된거야..ㅠㅠ 나름 성공적인 교육자 생활이었다..
그렇지만 이런 기쁨이 생기면 생길수록.. 나는 서서히
실전 미용실의 일들을 잊기 시작했고..그렇게 하루하루
시간이 지날수록 강의 실력과 수업 노하우가 점점
늘어나는 만큼 실전 필드 미용실에 업무가 슬슬 점점
줄어들어가고 있었다.
내가 평생 죽을 때까지 학원에서 아이들만을 가르치며
평생을 살 인생의 목표를 갖고 있진 않았는데..
누군가에게 선생님이 되고 싶었고
나도 스승님이 있듯이 누군가에겐 내가 스승님이
되어보고 싶었을 뿐이지만

남은 평생을 교육자로 살고 싶진 않았다..

그래..내 몸속엔 그래도 아직..디자이너라는 피가
미용사라는 피가 흐르고 있는 거야..
솔직히 아직 매장에서 손님을 받아 본 적없는
시야기(중상 최고경력스텝) 이였지 않았나..
디자이너가 되어 본 적이 단 한 번도 없지 않나..더
시간이 늦기 전에 이제라도, 다시 미용실로 복귀하고
싶다..놀만큼 놀았고 쉴 만큼 쉬었다.
3.6.9 미용사의 권태기 치곤 너무 거창하게 쉬었다.
라는 생각을 조금씩 하고 있으며 시간은 더욱 흘렀다..

시간은 점점 흐르고 나는 딱 이 자리에서 멈춘 채로
더 이상의 발전은 없이 멈춰 선 것이다.
내가 몇 개월 쉬면 그 몇 개월이 경력으로 또
인정되지 않기 때문 이다.
오히려 몇 개월 쉼으로써 감각이 둔해진다면, 경력은
줄게 되는 것이다. 앞전에도 말했듯이
미용사의 경력은 입이 아닌 손으로 증명되어야 된다.

내가 그래도 20대 중반까지 살아오면서 대학까지
나왔는데 이제 와서 딴 일을 찾기란 쉬운 일이
아니었다. 군대를 안감으로써 남들보다 약간 빠르게
시작할 수 있었던 미용..

내가 미용을 한다면 남들보다 약간 빠르겠지만
다른 일을 한다면 남들보다 느리게 되는 것이라는
생각을 하며 마음을 가다듬고 다시 한 번 미용시장에
복귀를 한다..
여기서 집고 넘어갈 부분은

미용을 하면 가장 좋은 장점 1가지를 말해보려 한다.
취업에 대한 걱정이 없다. 회사나 직장 샐러리맨들은
사퇴를 당하거나 직장을 잃게 되면 어려움에
빠진다고들 한다만,
미용인들은 이런 고민걱정이 전혀 없어진다.
믹인도쿄 입사때 그리고 모 방송국 아카데미 때도
말했듯이 미용의 입사는 그다지 어렵지 않기
때문이다.
내가 일을 하겠다는 의지만 있다면
내 실력이 어떻든 간에 원장님들은 일하겠다는
의지만을 채점해줄 뿐이다.
그럼으로 미용실은 절대 짤리는? 일이 절대 없다
짤리는 게 아니고 내가 권태기를 이기지 못해 내가
나가는 것이다.
간혹 정말 낮은 확률이지만 짤리더라도 고민될 것이
전혀 없다.
미용을 하겠다는 의지만 있다면 바로 옆 건물
미용실입사도 가능하니까 말이다.

이것이 평생 직업이고 평생 내가 스스로 그만두지
않는 한, 그만해야 될 일은 없는 것이다.
기술만 있다면 어떤 지역에 어떤 미용실을 가던
어려울 것이 없으니깐..
이것이 기술직의 장점이자 미용사의 장점이다.

● 가위를 처음 잡을 때의 그 설레임을 잃지 않은 헤어디자이너

권태기를 이기지 못한 나는 몇 개월의 방황을 해오다 미용실로 들어가긴 싫고, 그렇다고 타 직업을 선택하기도 싫어서 결국엔 미용실이 아닌 여태 배우지 못했던 커트를 배우고 싶어서 커트 전문 아카데미를 입학하였다. 이 아카데미는 학생들이 자격증을 취득하기 위해 다니는 학원이 아니고 디자이너들이 커트를 연구하고 공유하는 그런 디자이너 전문 아카데미였던 것이다.
세계적으로 유명한 비달xx, 토니&xx, 피봇xx 등 여러 단체기관이 있었다. 나는 그중 한 가지를 선택하여 등록하게 되었고 거기서 실전 디자인컷트를 배웠다. 기본 베이직커트 부터 해서 챕터 1 챕터 2 그리고 남자커트까지 배웠었지만, 나는 여전히 시력에 대한 장애.. 거리 감각에 대해 100% 적응하지 못하였다. 아직도 계단에서 가끔이지만 굴렀고 그런 거리 감각으로 정확한 각도와 정확한 모량을 집어 정확한 커트를 하기란 정말 어려웠다..
오히려 내 손가락만 정확히 잘려 나갔다..

내 손가락에 상처가 생기고 피를 흘리는 양이 많으면
많을수록 가위질은 능숙해졌다.
난들이 2시간 연습할 때 4배인 8시간을 연습하였다.
그리고 신인 디자이너 오디션 날이 다가 올수록 나는
먹고 자는 시간 외엔 오로지 연습만을 하였다.
그 연습 내용은 가위질 연습이 아닌 바로 거리 감각
방향 감각에 대한 적응 훈련이었다.
멀리 탁자에 종이컵을 놓고 돌을 던져 맞추는 연습을
하였다.. 터무니없이 근처도 못가고
아깝지도 않게 빗나가기만 하였다..
계단을 일부로 성큼성큼 내려가 보는 연습.
이런 등등 가지각기 다른 나름대로의 훈련들을
하여..나는 외눈이 된지 약 6년이라는 시간이 지나서야
비로소..완벽히 적응을 할 수 있었다.
그렇게 적응이 된 눈으로
커트연습을 하였으며 오디션을 보았다.
그렇게 아카데미를 졸업한 이후..

다시 미용실로 복귀를 하였다.
오래 쉬진 않았고 아카데미를 계속적으로 다녔기
때문에 큰 문제는 되지 않았다. 나의 복귀 무대는
"타마시"라는 지역브랜드 살롱이였다.
박XX 처럼 전국 브랜드는 아니지만, 그래도
경기/수도권에선 나름 알려진 지역 브랜드 이다.

경기 수도권에 13개의 직영점이 있으며 한명의
원장님이 직접 다 관리하시고 각 매장에
점장님들과 부원장님 급 관리자 분들이 계신 지역
브랜드였다.
나는 끌렸다. 이곳에선 혹시 내가 꿈꾸던 것들을 이룰
수 있지 않을까?
가진 것 없는 게 용감하다고.. 두드린다.
그리고 그곳에 원장님은 나에게 처음 초면부터 각별히
잘 해 주셨다. 무작정 서울로 무전여행을 떠날 때에는
월세를 걱정했지만 이곳 원장님은 내가 입사한 첫날에
편하게 출퇴근하라며 개인오피스텔을 구해주셨다.
아직 나라는 사람을 1%도 보여주지 않았는데 무엇을
믿고 나에게 이런 큰 선물을 주시지? 이땐 알 수
없었다. 하지만 그 원장님은 지독하리만큼
열정적이시다.
직원들이 노력하지 않은 꼴을 못 보는 CEO다.
밤새야 한다. 잠을 못 자게 한다.
수년간의 경험에서 나오는 기술을 단, 며칠 만에
완성하기를 원한다.

무리다.

그러나 바로 여기다.

“지형철” 이라는 명함을 부여받고 공식적으로
헤어디자이너로 데뷔한다.
그리고 그 날 이후 목숨을 건 사투가 시작된다.

이제는 적응문제는 정말 문제도 아닌
일도 아닌 것이 되었다.
나는 마치 이 매장을 오래 다닌 사람처럼
바로 하루 만에 적응을 했다.
그리고 모든 것 들을 100%다 자부 할 순 없지만 나는
믹인도쿄를 시점으로 약 5년 만에 타마시살롱에서 첫
초급디자이너로 승급을 하였다.
가위를 처음 잡아보는 감격의 순간을 만끽하고
이젠 내가 디자이너가 되어 손님과 상담을 하고
손님의 머리를 연출해야 되는 위치에 오른 것 이다.

나는 디자이너다.

라는 자부심을 갖고 드디어 꿈에 그리던 가위를 잡고
약 5년여 만에 춤사위를 부릴 수 있게 되었다.
하지만 그것이 끝이 아니었다.

지금까지 있었던 모든 과정들은 정말 과정 이였던 것
뿐, 이제부터가 시작 이였던 것이다……

정말 여태까지 겪었던 모든 고난과 어려움들은..
바로 시작을 하기 위한 준비 과정에 불과했던 것이다.
디자이너가 된다는 것은 끝이 아닌 새로운 시작이다.
이젠 누구에게 배울 수도, 물어볼 수도 없는 위치인
것이다.
나는 디자이너니까..
그리고 그 누가 나를 질타할 것인가, 누가 나를
틀렸다 말할 수 있을까 ,설령 내가 틀렸다 한들
이것이 나만의 방식이고 나만의 스타일인 것이다.
앞전에 말했듯 중상 스텝(시야기)가 되면 여러 명의
선생님들의 스타일을 익힐 수 있게 된다.
그게 시야기다,
A, B, C, D 의 네 명의 선생님들의 스타일을 다
따라할 수 있는 시야기는, 거기서 추렴을 하서 하나의
내 것을 만든다.
이런 식 으로 나는 여러 명의 선생님들에게서
한두 가지씩만 빼내서 내 것으로 만들었다.
결국 나는 나와 같이 일하신 A. B. C. D 의
선생님들의 복합기 인 것 이다.
모든 디자이너들도 마찬가지고
A. B. C. D 선생님들도 각자 그렇게 해서 자기만의
것으로 만든 것 이다.
그렇게 됐을 때 나는 디자이너가 되었다.

디자이너가 되니까 더 어려운 산들의 반복이었고
끼니를 거르는 일 또한 디자이너가 되어서도 피할 수
없었다. 밥을 먹다가도 손님이 오면 수저를 내려놓는
게 미용사다.
그래도 이 부분이 화가 나거나 짜증나지 않는다.
이미 나는 나도 모르는 사이에 "프로"의 경지가 된
것이다.

"밥은 언제 먹어도 내 밥 이지만
저 손님은 지금 안 받으면 더 이상 내손님이
아니다."

라는 프로정신으로 종사하고 싶다.
아직 나는 많이 부족하지만
프로의식을 항상 갖고 있을 것이며 스스로를 프로라
생각할 것이다.
프로가 되서야 안보이던 참 재밌는 것들이 보이기
시작했다.

바로 손님들이 이제야
"고객님"으로 보이기 시작한 것이다.

막내 인턴일 땐 손님들이 그저 다 피로물질들로
보였다ㅠㅠ
피로물질 뿔 달린 악마세균들로 보였다ㅠㅠ
날 힘들게 하는ㅠㅠ

시야기가 됬을 땐 손님들이 다 시계/시간으로 보였다.
흠.. 지금 파마손님이 왔어. 앗싸 2시간은 금방가겠지.
저 파마손님이 끝나고 나면 퇴근까지 1시간남은거야!

디자이너가 되서야 비로소 손님들이 고객님으로
보이기 시작했다.

이 경지까지 오르기까지 오랜 시간이 걸렸고..
미용이란 직업은 결코 만만치 많은 않은 직업이다..

그리고..

멋있다.

그 멋이 내가 고등학생 때 믹인의 사람들을 보고 느낀
그 멋..

그 멋을 내기 위해 믹인 사람들이 얼마나 피나는
고통을 노력하여 그 위치까지 올라간 것인지를 5년이
지나서야 깨달았다.
그리고 이젠.
미용이 아닌 길은 생각조차 못할 정도로 나는
미용인이 되었다..그리고 어릴 쩍 장점 이였던
주변사람을 즐겁게 해주는
능력이 다시 부활해 나가기 시작했다.
잃었던 탄력도 조금 회복이 되었고,
난 다시 그 예전 재밌는 아이로 조금씩 돌아가고
있었던 것이다.
그래서 나를 찾는 손님들이 제법 많았다.
이유는 머리가 마음에 들어서를 떠나
나라는 사람이 좋아서 였고 나라는 사람과 시간을
보내고 싶어서 였다.
내가 즐겁게 해줄 테니까..

기술이 안 된다면 디자이너로서 손님들에게,
손님들이 느낄 수 있는
매력을 마음껏 발산하였다..

그리고

난 스스로 아직도 많이 부족하고 스스로를 자부할 순
없지만 정말 한명의 개성강한 독특한

디자이너가 되고 싶다.

"나보다 잘하는 사람은 많지만
나처럼 하는 사람은 없어야돼"

나의 미용 마인드이다.

이제 가위와 나는 때어놓을 수 없는 하나의 분신
관계가 되었고.. 나는 이 가위 한 자루로 남은 평생을
오려나가려 한다.
아주 어릴 쩍 나의 로봇으로 만난 가위는 이제는 나의
인생에 동반자가 된 셈이다.

밥? 굶어도 좋다.
잠? 안자도 좋다.
그러나 성공은 포기 못하겠다.
거부할 수 있는 용기조차 없었고 닥치는 대로 나의
몸을 연소시켰다.

너는 너 자신을 완전히 연소 시킨 적이 있니?
지인분의 가슴에 와 닿는 말이다.
연소시켰다.

10대, 철없던 나를 가장 측근에서 부모님 대신
질타하며 바로잡아준 우리 형.. 병주형.
병주형은 나를 사랑하는 만큼 사랑의 표현을 주먹으로
표현하였다. 내가 사고를 치거나 나쁜 행동을 할 때
마다 야산으로 데려가선 특별 훈련?ㅎㅎ을 시켜주며
더 이상 삐뚤어지지 않게 항상 나를 잡아주었고 내가
흔들릴 때 마다 "정신적 지주"가 되어 주었다.
어쩌면 철없는 양아치 기질이 다분한 내가 지금의
나로 바뀐 가장 큰 이유는 병주형의 주먹이
무서워서가 아닐까 싶다.
또 내가 6살 무렵 오른손 동맥이 끊어져 다쳤을
때에도 겨우 9살 밖에 안 된 형은 12칸의 계단을
한걸음에 뛰어 내려가며 어른들에게 나의 사고를
알렸고, 내가 18살이 되던 무렵 중환자실에
입원하였을 때에도 하루가 멀다 하고 찾아와 정신이
온전하지 않은 나를 다섯 살 정도 되는 꼬마아이들
교육 시켜주듯 하나하나 교육시켜 내가 보다 빠른
시일에 제정신을 차릴 수 있게 도와주었다.
때론 친구처럼 가깝고, 때론 조교처럼 무서운.
나에겐 없어선 안 될 "정신적 지주" 병주형,

추운겨울 날에도 항상 건축현장에서 타일 건축업을
직접 발로 뛰시는 아버지
노인 요양원에서 치매 걸린 할머니 할아버지들의 똥,
오줌을 가려주며 보살펴 주시는 어머니.
단 한 번도 부끄럽게 생각한 적이 없다.
이 두 분이 나에게 준 가르침은
"무언의 근성"
20살 전 미성년자 때는 그 누구보다 용돈을 많이
주셨고 미성년자 전에 학생이 받을 수 없는 용돈의
액수를 받고 19세까지 컸지만 딱 20살이 된 이후
나에게 용돈 일전 한 푼주시지 않고 오로지 내
자신만의 자립심으로 스스로 알바로 생활을 유지하게
해주신 부모님 내가 성인이 되어서도 미성년자 때
처럼 그렇게 풍족하게 용돈의 지원을 해주셨다면 아마
내가 미용을 시작할 용기를 내지 못했을 지도
모르겠다.

나에게 강인한 생활력/끈기를 가르쳐 주신 부모님께
너무나도 감사하다.

내 원동력이자 삶의 이유인 부모님, 부모님의 현명한
가르침이 있었기에 하나에 꽂히면 끝장을 보는 성격이

되었다.
운이 좋았는지
노력의 결실이 맺혔는지.
반응이 온다.

고객들이 찾기 시작한다.

기회를 놓치지 마라.

헤어디자이너가 성공하기위한 첫 번째 원칙을 몸으로
느낀다.
고객은 누구에게 머리를 하고 싶을까?
역지사지로 근접한다.

잘나가는 디자이너에게 하고 싶겠지?..잘 나가야겠군..
닥치는 대로 헤어상담 방문후기 베스트작품에 내
흔적들을 남기기 시작한다.

나는 지형철이다 라고 말해야지..밤을 새는 작품
연구와 감각을 키우는 시간들이 있었기에
디자이너로서의 입지를 굳혀 나가기 시작한다.
그리고 스텝에서 시야기 시야기에서 신인 디자이너로.
지금은 디자이너로서의 새로운 도전으로 꿈틀거린다.

또 잠이 오지 않는다.

그리고 나는 학창시절부터 사회초년생까지 나를 인정
안 해주고 질타하였던 모든 분들을
한 분, 한 분 찾아뵙기 시작했다.

"선생님들. 그 지형철도 이만큼 컸습니다."

제일 먼저 운동선수 출신이라고 공부를 안 하고
아프다는 이유로 출석을 잘 안해서 나를 한참이나
인정을 못하고.. 강한 질타만을 하신
고등학교 담임이셨던 K 선생님..실제로 끝까지 인정을
못 받고 고등학교를 졸업하게 됐다.
왜냐 하면.. 선생님 눈엔 괜히 날라리 같은 내가
미용한다고 깝쭉 대다가 그만 둘 거라고
생각하셨나보다..그래서 나에게 자격증이라도 먼저
따서 내 앞에 보여줘라 그럼 인정해 주겠다 하셨지만
글쓴이는 졸업할 때 까지 미용 시험에 낙방을 하였고,
나중에 성인이 되어 대학에 진학하여 자격증을
취득하였다. 그 이후 고등학교 담임선생님께 찾아가
자격증을 보여주었다.

이젠, 저 인정 해주시겠습니까?

이거, 누구나 따는 거 아니야? 이거 뭐 배우면 누구나 따는 거지 이걸 땄다고 네가 뭐 되는 사람은 아니잖니? 나중에 네가 정말 몇 년이고 그만 안두고 오래 해서 명함이 나온다면 명함으로 가지고 와. 그럼 그때 인정해줄게.

이젠.. 자격증이 아닌 명함이다.

그렇다 사실 자격증은 누구나 딸 수 있다. 하지만.. 요즘은 어떨지 몰라도
내가 배우고 시작 하던 시절엔 인턴은 명함이 없다. 명함이란 디자이너가 되어서 손님들을 모을 때 필요한 것이다.
K 선생님에게 명함퀘스트를 받았을 땐 너무도 먼 미래 얘기였고 깜깜해 보이지 않는 먼 미래 얘기였다..
당시에 나는 대학생 이였고, 방학 알바경험으로 보아 디자이너는 정말 먼 미래 얘기였기 때문이다..
어쩌면 내가 지금까지도 미용을 계속 할 수 있었던 첫 번째 계기와 원동력은 K 선생님이 아닐까 싶다..
만약 중간에 포기를 하였다면
난 역시 선생님이 본 대로 그저 그러다 말 녀석이었기 때문이다.

시간이 흘러 디자이너가 되어서 명함을 들고 다시 한

번 선생님을 찾아 갔다.

선생님, 저 몇 년이 지난 지금에서야 찾아 왔습니다.
명함을 쑥 밀며 당당히 말하였다.

디자이너 지형철 인사드립니다.
하지만 K 선생님은 그때도.. 인정을 해주지 않으셨다..
더욱이 어려운 마지막 퀘스트만을 남겨 주셨다.

나중에 네가 샵을 차리게 되면 한번 찾아가 너에게
머리를 하마.

내 나이 1988년생 26살
당시 명함을 드렸을 때 나이는 24~5살.

너무도 어린 나이였다. 내가 돈을 모아 샵을 차려
오너가 되기까진 역시나..
너무도 먼 미래 보이지 않는 까마득한 먼 미래
얘기였다..

왜 K 선생님은 자꾸 나를 인정 해주지 않고 먼 미래
숙제만을 내 주실까..
너무도 억울하였다..
나름대로 양아치 근성을 버리고 성실하게, 프로답게,

멋지게, 살아온 예술인인데..

시간이 더 지나 더 어른이 되어서 알게 되었다.

선생님의 진심을.
자격증을 못 딸 것 같아 따게끔 자극을 하기
위함이셨고
미용을 중간에 포기하고 허튼 시간을 보낼까봐 미용을
계속 하게 하시기 위한 자극이었고
디자이너가 되어서도 평생 미용을 하리란 보장이
없기에 앞으로도 포기 하지 말고 정진하라 깊은 뜻을..

생각해보면 수차례 퇴학당할 뻔 한 고등학교 또 한 K
선생님이 막아 주셨고
지금에 위치까지 있게 해준 나의 첫 번째 인생
선생님이시다.

좋습니다..

선생님 말씀대로 앞으로 더욱 정진하여 오너가 되어
선생님을 찾아뵙겠습니다.
그때 선생님의 머리를 감히 만져드리겠습니다.
두 번째로 찾아간 나의 스승님.

바로 마샬뷰티살롱에 바비 선생님이시다.
마샬미용실이야 말로 어떻게 보면 첫 번째 정직원
정식 미용실이다.
그리고 대학시절 방학기간 동안에도 수원, 서울, 동탄,
안양 등 각 지역에 잡기술 들을 많이 습득 했다고
자부하고 내 나름 경력 3년차가 되었다 생각했을 때
모든 학업을 졸업하고 사회인이 되어 처음 입사한
정직원 마샬미용실 거기서 만난 바비 선생님..
앞전에도 말했다 시피 바비 선생님께선

네가 어디서 어떤 일을 어떻게 해왔는 진 모르지만 넌
아니야.
넌 마샬미용실에 왔으니 다시 처음부터 하는 거야.

라는 명언을 남겨주신 분.
이후 나는 마샬미용실에서 FM대로 정식으로 열심히
하지만은 않았다.
내 나름 여태 익혀온 잡기술들이 있었기 때문이다..
안 좋은 나쁜 습관들..
차라리 백지 상태면..새로운 것들을 작성하기 쉽다.
하지만 나는 이미
안 좋은 습관들과 잡기술로 낙서가 돼 있는
낙서장이기 때문에 그 낙서들을
지우고 다시 새로운 것을 작성하기란...

너무도 어려웠다. 이미 나에게 배어 있는
나만에 스타일이 생겼는데.. 그리고 무엇보다 내가
처음 미용을 하겠다고 마음먹은 첫 번째 이유, 가위기
멋있어서.. 그래서 나는 한참이나 배워야 될 나이에.
커트에 커 자도 모르면서 가위를 쌍절곤 돌리듯 겉멋
돌리기 허세 돌리기 등등을 취미삼아 해왔다.
파마 또한 겉멋으로 롯드를 돌려가며 말았고,
드라이할 땐 드라이기를 폼을 잡아 가며 하였다.
이럴 때마다 나에게 쌍 ㅅㅅ 욕을 하시며 돼도 않는
짓 하지마라고 혼을 내주신 바비 선생님..

또 다른 명언은

너 이렇게 지내서는 25~26살.
서른이 되어서도 못해 이 자리야 넌,
너 같은 양아치가 난 제일 싫어.
인간으로 만들어 주겠어.

하며 그분과의 3년간에 동고동락..
때론 친 형처럼 잘 챙겨 주었지만
미용적인 부분에선 항상 예민하게 질타해주신 분

내가 마샬미용실을 퇴사 할 때까지 뭐 하나 잘 한다고
잘 했다고 칭찬 한마디 안 해주신

그 분.

디자이너가 되어 당당히 찾아갔다.
또 역시 또한 명함을 들이밀며..

바비 선생님..

저..

이제..

가위좀 돌려도 되겠습니까?

그래 이xx놈 아 두 바퀴 돌려라!
그리고 장하고 뿌듯하다, 인정한다.

ㅠㅠ..온 몸에 전율이 느껴지는 순간이다.
나를 끝까지 단 한 번도 인정을 안해 주신 그분에게
저런 말을 듣다니.. 내가 죽었다 살아났을 때보다
기분이 좋았다..

그리고 바비 선생님은 내가 없는 자리에서
다른 선생님들에게 내 칭찬을 많이 했다고 나중에

듣게 되었다.

형철이에겐 뭔가 느껴지는 감정이 있다.

형철이를 보면 항상 웃음이 절로 나오고 사람을 기분 좋게 해준다. 그리고 녀석은 사람을 즐겁게 해주는 매력이 있다. 미용사로써 꼭 필요한 매력이고 우리가 배워야 될 부분이다.

정말 저를 저렇게 봐 주셔서 감사합니다.

그래..바로 이 맛이야..인생의 맛.

이젠 나도 여러 명의 제자가 있고 후배가 있다.. 그중
내 마음에 가장 드는 후배에게 나는
일부로 쌍 욕을하고 못한다 질타한다..
그 옛날 바비 선생님처럼..
그리고 난 그 제자에게 단 한 번도 칭찬을 하지
않았다. 난..사실 그 제자를 너무도 사랑 한다.
너무도 잘 됐으면 하는 바람이 간절하다.
미용을 제발 그만두지 않았으면 좋겠다.
그래서 잘되라는 마음으로 응원해 주고싶지만..
내 사랑하는 제자에게도 내가 느꼈던 바비 선생님의
인생의 맛을 알려주고 싶다.

그래서 더욱 속으론 칭찬이지만 겉으론 욕을 해준다.
사랑하는 제자에게 내 가르침이
틀린 방법일수도 있겠지만..

난 내가 배운 데로, 내가 가장 기쁘고 감격스러웠던
그 전율을 가르치고 싶다.
그리고 그때 알았다. 바비 선생님도 날 사랑하고 내가
잘되길 바라서 그렇게 모질게 해주셨던 것을.
그리고 그 모짐에 감사드립니다.
고등학교 담임선생님 덕분에 미용을 포기 안할 수
있었고, 바비 선생님 덕분에 지금 이 자리에 있을 수
있었습니다.

"너도 나중에 나처럼 이렇게 돼서 날 찾아와라.
그럼 그때 내가 널 인정해줄게."

그리고 찾아간 ..믹인도쿄의 젝키선생님.

나에게 많~~~은 미용을 가르쳐주시진 못했지만 그래도
나 지형철이란 사람 인생에 태어나 내생에 첫 스승님..
젝키 선생님을 찾아갔을 땐 신기하게도 젝키선생님은
어떻게 아셨는지..
믹인도쿄를 나가고 지금까지의 나의 근황에 대해 다
알고 계셨다.. 따로 연락드리지 않았는데.. 사실 지금

몇 년만에 찾아뵙는 건데.. 내가 믹인도쿄를 나가서
어디 미용실에서 무엇을 했으며..
중간 3.6.9 권태기땐 미용을 그만두고 어디서 어떻게
지냈는지 다 알고 계셨다..
그리고 내가 명함을 내밀기도 전에

딱 한마디만을 말씀해 주셨다..

"돌아와서 반가워요"
잘 돌아 왔어요
미용으로.

당신의 열정에 항상 뒤에서 박수를 보냅니다.

난 아직 아무 말도 안했다는...
지금까지도 새파랗게 어린 후배인 나에게도 존대를
해주시는 유일한 선생님...
내가 미용을 중간에 쉰 것까지 다 알고
계셨다...도사님인가?! ㅎ
이거 역시 앞전에 말했듯 미용은 좁고 다 아는 사람이
아는 사람들이기 때문이다.

그리고 주변에 아는 미용사가 많을수록 정말
수원시내에 미용사는 다 알게 될 것이고 넓은

마당발과 넓은 시아와 넓은 안목을 가지신
젝키선생님..
나에게 실질적으로 많은 가르침은 주실 시간이
없었지만, 미용에 있어 나의 롤 모델이다..
이분의 열정은 모든 미용사가 보고 배웠으면 하는
바이다. 삶을 살면서 목표가 있다면 그 목표를 향해
달리게 될 것이며, 목표를 달성하지 못하여도
목표의 근처는 가게 될 것.
그래서 나는 항상 젝키 선생님을 목표로 그분과 같은
길을 가고자 그분을 향해 오늘도 난 달리고 있다.
그리고 이분에겐 같은 남자가 봐도 왠지 그냥.. 끌리는
그런 매력이 있다.. 이 선생님이랑 친해지고싶고 이
선생님을 좋아하고 싶고 존경하고 싶어진다..
미용사에게 꼭 필요한 매력중 하나라 생각한다.
나는 이분 덕분에 헤어쇼에도 참여 한 적이 있으며
지금도 자주 연락을 하고 뵙는 사이는 아니지만, 몇
년에 한번 뵙는 분이지만 가까운 사이이고 싶고
친해지고 싶은 묘한 매력을 갖고 계신분이다.

그리고 .. 마지막으로 지금 이 글을 쓸 수 있게
도와주신
대학교 교수님 이범식 교수님..
2007년 3월. 어렴풋이 교수님과의 첫 만남 첫 강의가
떠오릅니다..

첫인상부터 교수님의 첫 한마디가 인상 깊게 생각납니다.
다른 교수님들과는 확실히 다르셨고 수업을 듣는 학생들 조차 상상하지 못한 교수님의 첫마디.

두구두구두구 액션!

“나갈 사람은 지금 나가세요.”

“오늘부터 한 학기 강의를 시작하게 될 텐데, 나가실 분은 지금 나가세요.
지금 나가도 F 학점 주지 않습니다.
지금 나가서 출석을 안 해도 최소 D 학점 드리겠습니다.”

잊을 수가 없다.
이 카리스마의 멘트.. 그때 나의 뇌에선 72번도 더 많은 생각을 하였다.
내가 지금부터 강의를 빠짐없이 듣고, 시험을 봐서 D 이상에 학점을 받는다는 보장이
없었기 때문이다. 더 나아가 출석을 하되, 시험을 망치면 F 아니던가?!?!ㅎ
대학에 진학 하였을 때에도 공부를 열심히 하겠다는 열정은..남들 보다 못지않게 적었다.

나갈까..말까..나갈까..말까...그러다 결국 나는 ..말까를 선택하였고 자리를 지켰다.
이 날에 선택이 인생에 있어 가장 베스트 초이스라고 생각한다..강의를 듣는 내내
다른 교수님들의 강의는 ..솔직히 졸았지만 서도 이범식 교수님의 강의는 졸지 않았다.
이유는 말씀하시는 말이 “재미” 가 있었기 때문이다.
한마디 한마디 말씀하시는 어휘력이 남달랐고 집중을 하게 되었다..하지만..

하지만...

하지만..

어디 사람의 습성이 쉽게 변하든가..강의는 재미있게 집중해서 잘 들었지만 그 과목을 공부를 하진 않았다.
그래서 결국 학기를 마칠 때 나의 성적은?! ..

성적은 그저 알파벳에 불과하다.
나는 성적으로 둥글둥글한 모양에 알파벳을 받았지만

A 날카롭게 생겼든 D 둥글게 생겼든. 그저 모양에 불과하다.

내가 얻은것은 따로 있었다. 종강을 하고 다른
교수님들과는..모두 연락이 두절 되었지만
이범식 교수님만큼은 연락이 끊기지 않았다.
감사하게도 나의 연락을 한 번도 빠짐없이 다 받아
주셨다..그리고 종강 이후에 개인적으로 많은
..가르침을 주셨고 미용을 떠나 세상을 살아가는
법..심지어 돈을 버는 법, 모으는 법, 마케팅, 전략,
마인드, 진로까지 많은 상담을 해주셨고 도와주셨다.
그리고 오늘 날 이런 책을 쓸 수 있게 도와주신
내 생에 다신 없을 은인으로 생각하고 싶다.
그리고 무엇보다 나에게 항상 자신감을 심어 주셨다.

그렇다.

나는 항상 자신감이 부족하여 나 자신을 낮추는
습관이 있다.

나 따위가..

내 주제 무슨..

내가 무슨..등등.. 그럴때 마다 니가 왜 니 따위냐.
네가 왜 삼류며 네가 왜 누추한 사람이더냐..

라고 항상 용기를 주셨다.

사실 나에게는 교수님 단 한분이지만 교수님은
나와같은 제자가

몇 백 명 몇 천 명은 있을 텐데 나 한명에게 까지
신경을 써주시는 그런 부분에 저는 감사를 드립니다.
입장이 바뀌어 내가 교육자이던 시절에 나는 그렇게
몇 백 명이 되는 제자들을 물론 다 사랑하겠지만.
한명 한명씩 신경써주기란.. 웬만한 인격으론 불가능
하고 나는 그러지 못하였다..하지만 교수님은 나
한명에게 신경을 이렇게 써주셨을까?
참 감사하고 존경스럽다는 생각이 든다.

지금까지 언급이 되었던 고등학교 선생님부터
포기하지 않는 끈기를
실전필드의 스승님으로부터 감성과 기술을
그리고 대학교수님으로부터 자신감과 세상사는 법을..
이 모든 감사한 분들을 보면 내가 그래도 ..인생을
너무 막 살진 않았구나. 라는 생각을 갖게 된다..
운이 좋은건지..나에게 이런 그 어떤 재산보다 값진
소중한 선생님들을 만나게 해주신 하늘에
감사드립니다. 그리고 우연은 노력하는 자에게 놓아
주는 운명의 다리라 생각합니다.

내가 비록 공부를 잘 못하고 할 줄 아는 게 없고
잘하는 것이 없어도 항상 긍정적인 마인드로 세상을
향해 열정과 노력을 갖는다면 누구든 뜻을 이룰
것이라 생각한다.. 안된다고 하지 말고 아니라고 하지
말고.. 긍정적으로...
나아가 저 또 한 지금도 미용을 하고 싶고 꿈꾸고
있는 미용 꿈나무들에게
끈기와 감성과 기술과 자신감 그리고 미용사로써
살아가는 법까지 아낌없이 베푸는 스승이 되고 싶다..

감사히도 지금도 나를 스승님이라 생각하고 믿고
따르는 제자들에게 정말 부끄럽지 않는 미용을
떠나 기술을 떠나 정신적인 영원한 멘토로 남고 싶다.

그리고 많은 사람들에게 미용을 추천하고 가르치고
싶다. 주관적으로 보이겠지만 미용만큼 비전이 있는
직업은 없다고 생각한다.

옷 가게 같은 경우 시대가 바뀌면서 인터넷으로
고객을 많이 뺏긴다.
앉아서 클릭만으로 집까지 배달해 주니까.
밥도 매일 김치만 먹고 살수 없지 않는가.
오늘은 중국요리 내일은 일본요리..
매일매일 다르기에 그리고 매일 외식을 하진 않기에.

내 생각이겠지만 더 미래가 된다면
세상이 더 바뀌어 나중엔 입을 거 안 입고 먹을 거 안
먹는 시대가 오더라도 머리는 평생 자란다.
죽 을 때 까 지
그리고 머리는 인터넷으로 잘라줄 수 없다.
고객이 직접 매장을 방문해야 가능하다.
아무리 시대가 바뀌어도 머리는 자라기 때문이다.

그리고 세상에 반은 여성이다.
남성은 어떨지 모르겠지만 내가 수년간 미용실에
종사하면서 보고 느낀 거지만.
여자라는 종족은 80대 백발 할머니가 되어서도
머리 손질 안 된다며 지팡이를 들고 파마를 하러
오신다. 솔직히 속으로..
많이 편찮아 보이신다..머리 손질..이 중요 한 게
아니게 느껴질 정도로..

그래도 여자는
스타일을 바꾸러 온다. 그게 여성이다. 그렇듯 미용의
비전은 최고라 생각한다..
여자는 죽는 순간까지도 자신을 가꾸고 꾸미며 예쁘고
아름답고 싶어 한다.
그 아름다움을 추구하는 사람이 바로 미용사다.

누군가 말을 하죠.
미용? 놀던 애들, 양아치같은 애들, 공부 못하는
애들이나 하는 직업이라고.
아직도 미용사에 저런 이미지가 조금 남아있죠.
공부를 못하는 사람들이 미용을 한다.
전 이 세상에서 미용보다 어려운 과목은 없다고
생각합니다.
미용이 단순히 머리만 자르고 머리만 손질 잘하면
되는 직업은 아닙니다.
모발의 구조, 생리학, 모질에 대한 이해, 두피에 대한
이해 더 나아가 피부조직, 인체생리학까지 어떤
모발에 어떤 약을 바르면 어떠한 작용이 나타나는지
또 몇 분 간격으로 몇 분마다 다른 반응이 나오는지
또 몇 분 이 지나야 오버타임이 되는 건지.

뿐만 아니라 색의 원색부터 해서 혼합색, 모든
컬러링의 넘버를 넘버만으로 다 외워야 합니다.
어떤 색과 어떤 색을 조합했을 때 어떤 색이
나온다..예를 들어 강한 적 구릿빛 아주 밝은 황갈색,
밝은 적 구릿빛 황갈색, "강한" 은 무엇이고 "밝은"은
무엇인지 차이점과 이런 색들을 고객들에게 넘버링을
통하여 설명을 해주어야 하기 때문이죠.
그리고 우리 미용사들은 숫자만 보고도 저게 무슨 색
인지 알아야 됩니다.. 그 뿐입니까

고객의 얼굴 피부의 톤으로 얼굴의 각진 모양으로
고객과 어울리는 컬러도 알아야 합니다.
또 뿌리(두피) 부분의 터치는 어떻게 하는 건지.
손상모발과 신생모발은 무엇이며 무슨 차이인지.
너무도 많아 글로 차마 다 적지도 못할 정도죠.
곡면 90도 그리고 두피에 대한 각도 천체축에 대한
이해, 두피에 대한 90도와 천체축에 의한 90도의 이해
90도 뿐만 아니라 디자인마다 모양에 따라 천차만별인
무한의 각도의 이해를 해야 하며 산화제, 중화제,
연화제, 크리닉, 두피 또한 공부 해야합니다.
공부를 못하는 사람이 하기엔 너무도 많은 것을 공부
해야합니다. 또 공부만을 해서 머릿속에 든 게 많다고
미용을 할 수있는 것도 아니죠.
공부를 해서 이제 머리가 알았으면 손도 따라
가야합니다. 미용에 대해 잘 모르고 미용을 안 해본
자들이 미용에 대해 비판하거나 쉽게 얘기 한다면
..저는 속으로 웃음이 나와요..
만약 네가 미용했다면.. 2주 버티고
퇴사하겠구나..이런 생각들로 말이죠.. 미용에 대해
공부를 해본 자들은 모두 아실 겁니다..
이게 우리가 공부해서 외우고 익혀야 할 것들이 한 두
가지가 아니죠.. 수만 가지입니다.
그 누구보다 공부를 잘해야 되고 머리가 좋아야
합니다.

바로 그런 사람들이 하는 것이 미용입니다.

머리도 똑똑한 지식인이여야 나중에 선생님이 되어서
제자들, 고객들에게 설명과 강의를 할 수가 있죠.
고객은 물어봅니다.
왜 파마한 다음날 샴푸를 하면 왜 안 되는지.
우리는 그 "왜" 를 알고 있어야 합니다.
그냥, 하루 만에 샴푸하면 비교적 빨리 풀려요~ 라는
뻔 한 답 보단, 구체적인 설명과 해석이 필요합니다.
그 "왜"를 설명 할 수 있어야 합니다 등 이런 지식도
지식이지만 우리에겐 그 누구보다 강한 체력과 인성과
감성이도 겸비해야죠. 12시간 서있기를 기본 바탕으로
어떤 날은 거의 10시간 이상의 시간을 한 가지
동작만을 무한 반복하는 날 도 있을 것이고 첫 끼니를
오후 6시가 되어서야 먹을 수도 있습니다.
이런 강인한 체력과 정신력 그리고 그 어떤
상황에서도 고객에게 무조건 웃어야 한다는
서비스마인드. 고객이 아무리 말도 안 되는 소릴
하여도 우린 웃고 있어야 한다는 프로정신 그리고
무엇보다 고객이 원하는 데로 완벽한 랭스와 쉐입과
컬링과 디자인을 뽑아 낼 수 있는 실력 까지.
그리고 떨지 않고 누구보다 프로처럼 보여야 하는.
이 모든 것들을 공부도 안하고 놀기만 하는 양아치가

할 수 없는 일들입니다.

미용사를 꿈꾸고 있는 학생들, 사회초년생, 사회인들,
주부님들 더 나아가 더 큰 꿈만 꾸고 있는
미용지망생들에게 말하고 싶다.
미용 아무나 할 수 있지만 누구나 할 수 없다.
앞전에 말했듯 용기와 열정만 있으면 누구든,
어디서든 미용을 할 수 있다.
글쓴이 또 한 첫 미용 시작을 말 한마디로 시작하지
않았던가? 나처럼 매장을 박차고 들어 갈 수 있는
용기 이거면 충분하다.
그리고 나처럼 글을 써보고 싶고 책을 내보고 싶고
강의를 해보고 싶은 친구들도 분명 있을 것이다.
이것 또한 도전하고 부딪쳐라.
대단한 절차가 있고 어려운 심사가 있는 것이 아니다.
하고 싶다는 열의, 용기, 도전 이것만 있다면
디자이너든 강사든 작가든 무엇이든 할 수 있을
것이다. 이 책을 보면 알다시피 “저 같은”
시각장애인도 책을 내지 않나요.
이 글을 보고 있는 학생 여러분, 미용실에 어떻게
취업 하냐구요? 지금 전화하세요!
그리고 지금 걸어가세요.
당신이 생각하고 있는 그 장소로..

❖ 쉬어가는 코너

미용.. [美容]
말이 참 예뻐요.
얼마나 아름다운 단어입니까
아름다울 미. 얼굴 용.
얼굴이나 머리 등을 아름답게 매만지는 일로 타인들의
아름다움을 추구하는 직업,
때론 정말 힘이 들지만. 손님이 아름다운 모습으로
만족하실 때 미용사란 직업.
가장 기뻐요

이제 나라는 사람에게 가위를 뺀 다면 나에겐
아무것도 남지 않는다.
나는 가위를 잡아야 행복을 느끼고
나는 가위를 잡아야 내 모든것을 보여줄 수 있다.
아직 최고라 하기엔 많이 부족하지만 스스로를
프로라 말할수 있도록 노력할 것이다,

그리고 나는 웃어 줄 것이다.

미용을 하는 나의 삶은 무엇보다 소중하다.

● 미용대학진학vs미용실취업

이제 성인을 코앞에 둔 모든 19세 고3들은 진로를
정한다. 특히 미용에 관심이 있고 미용인을 꿈꾸는
고3이라면 바로 샾으로 가는 게 맞는 것인지
대학에 들어가 공부를 더할지 설령 취업을 바로 한다
하여도 고졸만으로 미용실 입사가 되는지 더 나아가
미용사 자격증이 있어야만 미용 업에 종사 할 수
있는지 또 한 미용대학을 졸업하고 미용실에 입사를
하게 되면 다른 특혜가 있는지 등 너무나도 큰 고민에
빠지게 될 것이다.
뭐....안 그럴 수도 있겠지만..?-.-;

글쓴이 같은 경우는 독자들에게 이런 말을 해주고
싶다.
미용은 기술직이고 전문직이기 때문에 학력보단
기술입니다.
고로 미용대학을 나왔다 한들 초등학교를 졸업하고
14살 때부터 미용실을 간 사람보다 월급 면이나 다른
특혜가 있는 건 아니죠. 오히려 대학을 나온 사람은
14살에 입사한 미용사에게 선배로써 고개 숙이셔야 할
것입니다.

실제로 제가 알고 있는 한 미용사는 어려서부터
일찍이 학업을 포기하고 미용실에 종사한 분이
있었다. 바로 M.M 이라는 가명을 쓰고 있는 이 시대
최연소 디자이너 이분은 비록 남들보다 학업에 문을
빨리 닫았지만 반대로 미용실 보통 일반인이 나갈 수
없는 진도를 너무도 어린 나이에 깨우친 것 이다.
그래서 글쓴이보다 무려 5살이나 어린 동생 이였지만
미용실 매장 안에서 만큼은 그 누구보다 경력자였고
선임이었다.
글쓴이는 대학을 졸업하고 나서야 정식입사를 했지만
이 선임은 내가 대학을 졸업했을 나이보다 훨씬
어린나이에 이미 디자이너라는 경지에 올라와 있었다.
말처럼 쉬운 일은 아니다 앞전에 글쓴이가 많이
말했듯이 미용이란 생각보다 쉬운 일이 아니고
마음처럼 되지 않는 일이다. 10대라는 어린 나이엔
더욱더 하기가 어려웠을 태고 이분도 이 분만에
고충이 있을 텐데 성인도 이겨내기 힘든 어려움을
어떻게 그렇게 어린 나이에 이겨내고 극복해낼 수
있었을지 대단하단 생각을 갖는다. 그리고 비록
대학을 나온 내 자신이 그분 보다 더 잘났다는 생각을
전혀 갖지 못한다. 오히려 그분이 존경스럽고 나는 왜
그 나이에 그러지 못했을까 돌이켜볼 수 있었다.

미용의 가장 큰 장점중 하나이기도 하죠.
학벌을 안 본다. 요즘 같은 큰 프랜차이즈나 크게 발달한 샵 같은 경우는 학벌을 볼 수도 있겠으나 대부분 비교적 안 따지는 편이기에 이런 말씀을 조심스럽게 적어 봅니다.

하.지.만

이 세상에 한번 태어나 한번 살다가는 한번뿐인 인생. 남들 다 하는 캠퍼스 생활이 무엇인지 경험해 보고 싶지 않으신가요? C.C가 무엇인지 O.T , M.T가 무엇인지 레포트가 무엇인지 평생 꼬리표로 따라다닐 학벌이고 한번 살아가는 인생 2~4년쯤 더 투자 하고 2~4년 후 쯤 미용을 시작한다 하여도 20대 초중반일 나이 절대 늦은 것이 아닙니다.
다급할 필요가 전혀 없어요. 대학을 안 간 친구보다 2년 늦게 시작했다 한들
결코 그 대학 안 나온 친구가 나보다 나중에 손님이 더 많으리란 보장은 없습니다.
그래서 글쓴이는 대학을 가는 것을 추천합니다.

앞전에서 말했다시피 학벌이 큰 비중은 없지만,
인생에 있어 좋은 경험이라고 생각합니다.

저 또한 역시 고등학교 3학년 때 대학을 안가고 바로 미용실을 가려 했으나 고등학교 때 사고로 인하여 군 면제 판정을 받고 군대를 안 간다는 사실을 알게 된 이후 생각이 바뀌었죠. 어차피 군대에서 보냈을 2년. 군대를 안가니 나는 다른 보통 남자들에 비해 2년이란 시간을 벌은 셈이다. 그러니 그 벌은 2년을 군대 갔다 생각하고 대학을 가자라는 마음을 먹고 진학하게 되었습니다.^^.

대학 캠퍼스 생활은 고등학교 때 상상하던 캠퍼스 생활이랑은 다소 차이가 있었습니다.^^ 드라마나 TV에 나오는 그런 재밌는 일만 가득한 캠퍼스 생활은 아니였죠..ㅎㅎㅎ힘들었습니다.ㅠㅠ
2000년대 초반에 나왔던 대 히트작 논x톱 이라는 시트콤은 정말 모든 시청자들에 캠퍼스에 대한 로망을 키워주었지만 시트콤과 같은 캠퍼스 생활은 아니었습니다.ㅠㅠ

글쓴이가 가장 힘들었던 부분은 사실 따로 있었습니다.
레포트도 과제도 졸업 작품도 강의도 그 어떤 것도 아닌 바로 "적응"이였습니다.
아무래도 미용 대학이다 보니..

남학생의 비율과 여학생의 비율이 9:1? 비율이죠.
여학생 9명에 남학생 1명인 꼴입니다.
제가 1학년 입학하던 해에 1학년 전체 남학생이 6명이
전부였습니다. 여학생은 몇 백 명이 넘었죠.
6명의 남학생 중에 A반B반C반으로 나뉘며 한 반엔
많게는 3명 보통 2명밖에 없었죠.
어떻게 보면 기분이 엄청 좋은 현상입니다.ㅎㅎ

아주 꽃밭에서 꽃들 사이에서 한 마리의
벌이 되어 2년을 지내게 생겼으니깐 말이죠.^^ㅎ

기쁨도 잠시 6명의 친구들 중에 한두 명이 자퇴를
합니다.그리고 남게 되는 4명중에 3명이 머지않아
군대를 갑니다.
2학년이 되었을 땐 전교에 남학생은
저 단 한명 뿐이었습니다.
좋아 보이시나요?!^^ ㅎ

그렇지만 그런 것도 잠시 잠깐 일뿐 보기엔
좋아보여도 사실 성별이 다른 친구들과 아무리 가깝고
친하게 지낸다 한들 좋아하는 류가 다르고 서로
공감을 주고받긴 한계가 있죠.

그래서 제가 가장 힘들었던 캠퍼스 생활은 바로 이런 적응 이였습니다.ㅠㅠ 저는 친구들과 PC방에 가여 FPX게임도 하며 스포츠 게임도 하고 운동도 하며 당구도 치고 미팅도하고
싶었으나 여자 친구들과 같이 아이 쇼핑을 하며 화장품을 골라주곤 했죠.
그렇게 시트콤처럼 재밌지만은 않은 생활 이였습니다.

하지만 또 한 번에 위기를 기회로 생각하고 받아들이기 시작했습니다. 어차피 미용은 여성들을 위주로 상대하는 직업이 아니던가?
그래 난 여기서 미리 적응훈련을 하는 것.
여기서 잘 적응해 나가면 그 어떤 여성들이 와도 공감해줄 수 있으며 어울릴 수 있겠지? 라는 마인드를 갖고 캠퍼스 생활을 열심히 하였습니다.
그리고 2학년 마지막 학기 때에는 과대표를 자진해서 맡아 하였습니다. 어차피 한번 대학생활 하는 거 제대로 해보자 종강 이후에도 시간이 지났어도 내가 누군가에게 나 이랬었다? 라는 말을 해줄 수 있는 단 한마디 한 줄이라도 만들어 보자라고 생각하고 과대표를 맡았지요.
그리고 학교 축제나 행사 때마다 서슴없이 무대 위로 올라가 노래도 하고 춤도 추곤 하였습니다. 어차피 남자는 나 한 명뿐! 내가 잘났던 못났던 난 이 학교에

남자 간판이다!ㅋㅋㅋ 내가 남자 외모 순위 1위다!
내가 전교 남자 중 키가 제일 크다!
내가 성적도 남자 중 1위다! 왜?!!!?
나 혼자니까ㅎㅎㅎㅎ 라는 자신감으로 열심히 캠퍼스 생활을 나름 유쾌하게 잘 보내어 어느덧 제 인생에 중요한 빠져선 안될 한 페이지에 기억되고 있습니다.
독자 여러분들도 이런 인생에 중요한 경험을 배울 수 있는 캠퍼스 생활을 글쓴이는 추천해드립니다.

❖ 쉬어가는 코너

애인에게 보내는 편지.

너만의 가위가 되어
너의 근심 걱정 고민을 모두 잘라줄게

너만의 빗이 되어
네가 조금이라도 꼬인다면 바로 풀어 고이 빗어줄게

너만의 핀셋이 되어
네가 흔들릴 때마다 꽉 잡아줄게

너만의 연화제가 되어
너의 딱딱하게 굳게 닫혀버린 네 맘을 녹여줄게

너만의 중화제가 되어
맘이 더 이상 변하지 못하도록
고정시켜줄게

너만의 산화제가 되어
너의 속에 있는 잠재능력까지
다 끌어 올려줄게

너만의 꼬리 빗이 되어
아주 작은 섬세한 디테일한
근심마저 다 떠줄게

너만의 파지가 되어
네가 중간에 빠져나가지 못하도록 내가 다 감싸
안아줄게

너만의 케어가 되어
너의 부족한 점을 채워줄게

너만의 팩이 되어
지금 내 맘.. 굳힐게♥

● 고객만족도와 클레임

생각해보면 나는 미용을 처음 시작 할 때부터 타고난
천재성으로 특출하지도 못하였고
근거리 감각 장애로 고비의 문턱도 있었으며 동기들에
비해 진도속도가 늦은 편 이였다.
글쓴이 역시 과거 스텝 때는 그 누구보다 미용을
못하고 소질이 없었다. 그 누구보다
손이 느렸고 파마 와인딩을 못 했다.
파마에서 롯드 1개를 잘 말아서 벤딩까지 성공하는데
무려 3시간이 걸렸다. 그렇게 죽도록 연습을 하여
드디어 손님머리에
감히 손을 댈수 있을 정도가 되었을때 디자이너가
앞을 말고 내가 뒤를 말았다.
아직 신인이고 연습이 부족해서인지 어머니뻘 되시는
고객님이 내가 마는 것이
마음에 안 드셔서 항상 인상을 찌푸리시다가 결국엔..
"나 얘 싫어" 다른 사람이 말아줘
라고 말씀을 하셨다. 누구는 머리해주는 선생님
소리를 듣는데.. 나는 선생님은 무슨
"얘" 라고 말씀을 해 주셨다. 그렇게 나는 신인 때
충격을 받고 상처를 받았지만 나는 참았다.

"참을 만큼 참는 건 인내가 아닙니다. 인내의 시작은
참지 못하는 것을 참았을 때부터 시작하니까요 노력할
만큼 노력하는 건 노력이 아닙니다. 노력의 시작은
노력 할 만큼 노력한 다음부터 시작되니까요."

정말 나 죽었소~ 하고 미친 듯이 연습을 하였다.
그 고객님 머리는 짧은 머리였기에 신인인 나로써
힘들었었다. 머리가 길수록 와인딩은 쉽고 머리가
짧을수록 와인딩이 어려웠다.
그래서 나는 일반 와인딩 연습을 하여선 안되겠구나
생각하여 짧은 머리가발에 짧은 롯드를 말아 보았고
나중엔 스포츠에 가까운 머리를 유니온 롯드로
말아보았고 더 나아가 정말 스포츠머리에 이쑤시개로
말아 보려 했지만 이쑤시개는 양쪽 끝이 뾰족해
고정을 못하였다 그래서 면봉으로 양 끝을 가위 홈을
내고 말아 보았고 더~ 나아가 내 다리털에 팩을
발라서 말아보았다.
연습에 미친 사람처럼 그렇게 연습을 거듭하고 긴
머리를 말 땐 긴 머리의 와인딩은 내 손안에서 가지고
놀 수 있을 정도로 쉬워진다.
그 옛날 배드민턴 볼통 트레이닝효과, 바비 선생님의
린스파마 효과와 비슷 한 것 같다.
나에게 애 라고 해 주셨던 고객님의 모발이 나의 털
보단 길기에 그 고객님 머리도 자신이 있었다.

그렇게 벼르고 벼르던 어느 날 그 고객님이 오셨다.
인사를 하러 가자 내 쪽은 쳐다보지 않고 계셨다..ㅠㅠ
나는 그 고객님에게 먼저 다가감으로써 고객님 저에게
딱 한번만 기회를 주세요. 만약 오늘도 마음에 안
드신다면 제가 앞으로 평생 고객님 앞에
나타나지 않겠습니다. 그리고 제가 건드렸던 부분은
저희 부원장님에게 간청하여 직접 수정해 달라고
부탁드리겠습니다. 하여서 겨우 얻어낸 기회.
보란 듯이 그 고객님 머리 위를 무대라 생각하고 그
무대 위에서 현란하게 춤을 추었다.
정말 어느 때보다 짱짱하게 말아 드렸으며 그 시간 또
한 디자이너 선생님이 앞을 다 말기도 전에 말아
버렸었다. 그러자
그 고객님께서 "내가 여태껏 수십 년간 미용실을
다녀봤지만 오늘처럼 마음에 든 적은 없었다." 라고
말하며 극찬을 해 주셨다. 아 이래서 사람들이 연습을
하고 미용을 하면서 쾌락을 느끼는구나.
나는 그때서야 비로소 알 수 있었고 이래서 연습을
해야되는 거구나 라는 것도 그때 알게 되었다.
그 이후 그 고객님은 무조건 나만 찾게 되었으며 내가
몇 년 후 디자이너로 승급하였을 때도 나를
지명하면서 찾아 와주셨다. 그리고 그 인연은
지금까지도 유지 되고 있다. 아직 젊은 편인 나로써
내 지명 고객들의 고객층은 대부분 젊은 친구들이다.

20대 초중반 10대 중고등학생 친구들이 대부분은 나의
고객층에 유일한 어머니 고객님이시며 지금까지도
나에 VVIP고객님으로 남아 계신다.
"이 녀석"에서 그 고객님에게 있어서는 그 어떤 "수석
디자이너" 의 가치로 바뀐 것 이다.

이렇듯 어떤 클레임이 걸리더라도 그 이유를 인정하고
받아 드릴 줄 알며 자신의 잘못을 인정하고 숙인다면
잃었던 손님도 내 것으로 만들 수 있다.
글쓴이도 미용 초반엔 고생을 많이 했듯이 남들보다
못하며 그 누구보다 손이 느렸던 나는
보통 짧게는 2년 안에 신인 디자이너로 데뷔를 하며
길어야 3년이 걸린다.
평균적으로 3년이면 대부분 신인 디자이너가 된다.
하지만 나는 무려 5년이라는 시간이 넘게 걸린 후에나
가위를 잡아 보았고 남들보다 항상 무뎌왔었다.
그런 내가 신인 디자이너가 처음 되었을 땐 얼마나
떨렸을까? 신인 디자이너가 되어서 첫 손님을 받았던
기억이 난다.. 30대 중반에 머리숱이 엄청 없는 남성
이였다.. 이 손님이 내생에 첫 번째 손님 이였다..
어떤 미용사는 생에 첫손님을 기가 막히게 뽑아내고
나중에 클레임이 걸리지만 나는 첫 번째 첫 손님부터
대단히 망쳤다. 손이 어찌나 떨리던지 중풍사람보다
더 떨었던 기억이 생생하다.

그리고 떨리는 손으로 빗을 잡으니 빗도 같이 떨리며
손님의 이마를 다다다다다다닥 꿀밤을 때렸으며
커트는 일명..바이브레이션컷트..ㅋㅋ 진동 커트를
하였다.. 손님의 표정이 아직도 선명하다..
"이 사람 뭐하는 사람이지?"
라는 표정이었다. 너무도 죄송했다..ㅠㅠ
구레나룻도 짝짝이 옆에 있던 마누라님이 오셔서 큰
소리로 말씀하신다..

두구두구..액션!

"이 사람 머리 자르는 사람 맞아?"

원장 나와!!!

하늘이 노랗게 보였고 땀으로 온몸을 샤워하고
있었다. 원장님이 오셔서 상황을 수습해 주셨지만
나는 쥐구멍에 숨고 싶었다. 많은 후배들이 지켜보고
있던 상황 이였기에..
아무리 처음이라지만 이렇게 떨었으면 안됐었고
머리도 짝짝이로 잘랐으면 안됐었다.
나는 아직 준비가 들 된 사람이었던 것이다.
아직도 나는 멀었고 아직 손님을 받으면 안 되는 단계
이었던 것이다.

나는 다시 스스로 낮추며 저 다시 연습하고 다시
오디션 보겠습니다. 자진해서 말했다. 주변에선 괜찮아
첨엔 다 그렇지~ 난 더 심했어. 라며
위로를 해주었지만 나는 내 자신에게 너무나 화가
났고 내 자신이 너무나 초라했다.
벌써 미용 짬이 몇 년인데 겨우 남성컷트하나 못해서
이런 수모를 당하는 내 자신이
너무도 싫었다. 그리고 처음이라 누구나 떤다. 라는
말은 나는 아니라고 본다.
처음이라고 떤다면 그 사람은 아직 손님 받을 준비가
안 된 거고 디자이너라고 말 할 수 없다.
내가 떨지 않고 완벽하게 뽑아낼 자신이 있고
뽑아내야만 준비가 된 사람이고 디자이너라 말 할 수
있다.
나는 일주일도 아닌 하루도 아닌 단 한 번에 손님으로
단 한 번에 시술로 나를 판정하고 나 자신을 낮춰
꿀렸다. 그리고 더 연습을 하였고 더 연구를 하였다.
그리고 봉사단체에 요양원에 할아버지 할머니들을
실전연습 삼아 커트했고 군대에 가서
군인들 머리를 밀어주었다. 그렇게 마음을 다시
가다듬고 손 떨림에 대한 극복을 하고 다시
미용실에서 다시 손님을 받았을 땐

더 이상 떨지 않았다.

이렇듯 아무리 경력이 되었고 아무리 진도가 나갔고
아무리 오디션에 합격을 하였다 해도
내가 준비가 안 됐으면 나는 아직 안된 것이다.
내가 자신이 있고 준비가 된 상태에서 손님을 받고
머리를 해야 한다. 왜냐 하면 그 손님은 엄연히 돈을
내고 머리를 하시는 고객님이지
신인 디자이너들의 연습 재료가 아니기 때문이다.

그렇게 자연스럽게 지나가고 평범하게 디자이너
생활을 하고 있던 무렵 손을 단순히 떨지만 않으면
클레임이 아닌 건 아니더라
미용에서 1이란 엄청 큰 차이다.
1도의 각도, 1초의 차이, 1분의 시간.
너무도 정확해야한다. 정확한 각도로 잡고 커트가
들어가야 커넥션하게 떨어 질수 있기 때문이다.
뭐 가끔 일부로 모양을 내고 일부로 디자인 컷을
하기위해 연결되지 않는 뚝 짤린, 자연스럽지 않은.
컷을 추구하는 사람들도 있겠지만...
대부분 아버지들이나 대부분 사람들은 머리가
지저분하여 깔끔하게 다듬으러 오시기 때문이다.
정확한 각도로 들어야만 정확한 커트가 떨어지는데 양
사이드가 1도라도 차이가 난다면 짝짝이가 되는
것이다.

그리고 타임을 1분 1초라도 오버타임을 본다면
모발에는 복구하기 힘든 치명적인 데미지가 들어간다.
미용사도 기계가 아닌 사람이라 자주, 매일은
아니더라도 가끔은 실수하기 마련이다.
사람이기에.

사람이기에 1도 차이를 실수 할 수 있고 1분 1초의
차이를 오버타임을 볼 수도 있다.
클레임, 실수란 바로 여기서 나오는 것이다.
아차.. 방심하면 생길 수 있는 것이 실수고 실수가 곧
클레임으로 연결된다. 요즘은 고객님들도 사전에 다
알아보시고 샵에 방문하기 때문에 미용사의 실수를
손님들도 금방 캐치를 할 수 있다.
이러지 않기 위해선 내 자신이 아무리 디자이너라고
하더라도 인턴 때처럼 연습을 해야 한다.
대부분 미용사는 디자이너가 되면 인턴 때 하던
연습열정은 거짓말처럼 사라진다.
이유는 창피해서 이다. 후배들이 보고 있는 앞에서
연습을 하기엔 자존심이 상하기 때문이다.
하지만 프로라면 그런 자존심을 가져선 안 된다.

앞전에 말했듯이 미용에 끝은 없다.

앞으로도 새로운 디자인과 새로운 스타일이 나오기
때문에 디자이너들도 항상 연구하고 연습하고
공부한다. 이런 것을 마치 난 끝났어. 마스터했어.
라는 생각으로 미룬다면 그 사람은 평생 그 실력으로
그 자리에서 살게 될 것이다.

개구리가 되어 우물 안에서 말이다.

이런 1도의 차이가 짝짝이를 만든다 라는 것은 시야기
급 만 되어도 알 수 있다.
디자이너라면 이런 것을 모르는 것이 아니라 알면서도
알고도 혹은 짝짝이가 나왔음에도
빗질과 드라이로 그 부분을 숨겨 눈속임 하려 한다.
대부분 손님들은 자기가 중요하다고 생각 드는
부분만을 보게 된다. 앞머리라든지 모발에 전체적
길이라든지 숱이라든지.
눈에 보이지 않는 속 머리 같은 경우 어떻게 되던
솔직히 아무 신경을 안 쓴다.
아니 못 쓴다. 디자이너가 그 실수한 부분을 숨기고
가리는 실력은 정말 경이로우니깐.

자기 자신을 스스로 프로라 자부 할 수 있어야 진정한
프로다. 저런 눈속임이 디자이너고
아트이며 예술인이 아니지 않는가? 그리고 클레임은

부끄러운 일이 아니다. 사람이니까
어쩌면 당연한 실수이다. 그러니 그것을 숨기기보단
오히려 연습을 통해 같은 실수는 되도록 안 하려고
노력을 해야 하는 것 이다.
그것이 디자이너고 프로다.

또 다른 클레임도 있다.
내가 실수를 하지 않아도, 머리가 손상되지 않아도
내가 의도한 웨이브가 정확하게 나와도,
내가 속으로 설계한 컬러가 100% 나왔어도,
그래도 클레임은 존재한다.
바로 고객 마음에 들지 않는 것이다.

내가 의도한 대로 S 컬이 기가 막히게 걸렸다.
탄력도 엄청나고 심지어 유수분 밸런스까지 완벽하다.
손상도 전혀 없다. 더 완벽한 S 컬은 존재하지
않는다.
그렇지만 나는 클레임이 걸렸다.
고객이 원한 건 S 컬이 아니라 C 컬이었기 때문이다..
이것 또 한 어찌 보면 실수 이다. 파마는 어떤 약으로
어떻게 와인딩을 하여 몇 분을 보고 어떻게 헹구느냐
따라 모양을 디자이너 마음대로 잡을 수 있고
컨트롤이 가능한데, 이 부분에서 고객의 원하는
컬링을 잡아 내지 못 한 실수이다.

이래서 디자이너는 디자인 실력보다 상담 및
커뮤니케이션을 잘해야 한다. 고객과의 상담으로
고객이 무엇을 원하는지 그것을 잘 캐치 해야 한다.
나는 이런 것이 더 중요한 기술이라고 생각한다.

대~충 그냥~ 이라는 건 미용에서 없다.

나는 솔직히 맨날 하는 파마지만 이 고객님은 이
파마를 하기위해서 몇 개월을 머리를 길렀고 계획을
잡았으며 학생 같은 경우 돈을 모아서 어렵게 고심
끝에 할까 말까 하다가 겨우 온 고객들이다.
이런 고객들을 어떻게 대충 그냥 해줄 수 있겠는가?
내가 한 시술이 완벽하게 나왔어도 그 디자인이
고객마음에 들지 못한다면 나는 실패한 미용사다.
그리고 그 고객에게 있어 내가 있던 미용실은 바로
"머리 못하는 미용실" 이 되는 것이다.
나는 단순히 한 직원으로 있는 것이 아니라 이
미용실에 어찌 보면 대표로 있는 것이다.
내가 머리를 잘해서 고객이 마음에 들면? 우리
미용실은 머리 잘하는 미용실이 되는 것이고 내가
실패한다면 우리 미용실은 머리 못하는 미용실로
싸잡아 지게 되는 것이다.
그런 책임감과 무거운 짐을 생각하며 한 분 한 분
정성스러운 커뮤니케이션과 정확한 시술이 들어가야만

하고 정확한 시술이 들어가기 위해선 많은 연습이
필요하다. 충분한 연습과 노하우, 고객과의 상담으로
고객의 마음을 읽는다면
최소한의 클레임은 막을 수 있을 것 이다.

최소한의 클레임을 막았다고 해서 클레임이 더 이상
없는 것은 아니다.
미용실, 사람이 사람을 상대하는 직업에선 클레임이란
없을 수 없다. 고객의 마음을 읽었어도 고객의 의도한
디자인이 한 치에 오차 없이 나왔어도 그리고 손님이
머리에 만족을 하여도 클레임은 존재 한다.
바로 고객 생각보다 시술시간이 오래 걸렸다던지
오래 기다렸다던지 시술하는 동안 서비스가 별로
였다던지 너무도 다양한 각종 클레임들은 항상
존재한다. 매장이 정신없이 바쁘다 보면 전쟁터 혹은
시장터보다 더 정신이 없다.
멀리서 들려오는 아기울음소리 사방에서 들리는
드라이기 소리.. 구석에서 작게 들리는
롤러볼(열처리기계) 끝나는
니노니노~니노니노니~음악소리..
어린애들 뛰어다니는 소리, 티비소리, 음악소리,
사람들 말소리 이런 것 들이 동시에 들려 온다.
그럴 때 미용사들은 정신을 잃게 된다.

사람이길 떠나 하나의 공장의 기계가 되어
제품을 찍어내듯 일을 하게 된다.
그리고 세상 무엇보다 피곤함과 힘듦을 느끼게 된다.
그리고 정신을 잃고 보면 계속 같은 사람이 옷만
갈아입고 오는 것 같은 환각도 걸린다.
어.. 저 남자손님.. 방금 전에 커트하고 나간
사람이잖아.. 옷만 갈아입고 다시 왔나?
모두 같은 얼굴로 보이며 모두 같은 머리로 보인다.
그리고 저 손님 내 기억엔 3~4일 전에 머리 하고 간
손님인데.. 어 저 손님은?!
지난주에 나랑 오래 얘기 하면서 머리하고 간 손님이
분명 맞는데?? 라는 식으로 멘탈이 붕괴가 된다.
그렇다 미용사의 일주일은 너무도 피곤하고 힘들다.

월요일은 월래 바쁘다.
화요일은 화날 정도로 바쁘다.
수요일은 수도 없이 고객이 몰려와 바쁘다.
목요일은 목이 터져라 같은 말을 무한 반복 할 정도로
바쁘다.
금요일은 손님들이 금방 금방 회전이 된다..
손님을 빼면 또 몰리고.. 그래서 바쁘다.
토요일은 토가 나온다. 일주일 중에 가장 바쁜 날이다.
일요일은 “일” 하는 요일이다 해서 “일”요일 이다.
손님들은 주말이나 일요일 같은 공휴일이 휴일이다.

그러기 때문에 너도 나도 할 것 없이 휴일에 머리를
하러 오기 때문에 우리 미용사들은 주말이나 휴일은
정말 각오를 해야 한다.
심지어 공휴일이 왜 빨간 글자인 이유는 바로
미용사들의 피로 물들었기 때문이라고
생각한다. 그렇듯

이 상황을 피할 수 없으면 즐겨라

나는 이런 상황이 온다면 힘이 빠지기보단 더욱
활력이 생기고 "광폭" 이라는 버프?ㅎㅎ를 받게 된다.
힘들다기 보단 기분 좋은 일이라 생각을 바꾼다.
내가 그토록 하고 싶었던 미용 이였지 않나?
내가 어릴 적부터 꿈에 그리던 미용 이였지 않나?
내가 상상하던 미용 이였지 않나?
이런 일을 하는 내가 바로 미용사고
디자이너고 아트인 이며 예술인이다.
그리고 손님 한 분 한 분에게 최선을 다 해라.
누구는 돈이 좀 되는 볼륨 매직 셋팅 + 크리닉에
+기장 추가에+ 시술 후 제품까지 구입하시고
누구는 단 돈 몇 천원짜리 커트 일 지라도 누구는
소중한 감사한 고객님
누구는 귀찮고 힘든 돈 안되는 고객님이 아니다.

둘 다 너나 할 것 없이 나를 찾아와준 감사한
고객님이다. 이런 고객님들이 있기에 내가 있는
것이고 내가 있기에 이 고객님들은 오늘 이 매장에 와
주신 것이다. 내가 지금 매장에 내 손님만 5명이
넘어서 한 명 한 명 손님을 신경 못써줄 것 같으면
손님을 받지 말아야 된다. 차라리 돌려보내라.
하지마라. 안하느니만 못 할 테니깐.
차라리 안 하는 게 도움이고 이득이다.

내가 누구는 관심 갖고 누구는 무관심한거?
고객들도 다 느끼고 다 안다.
나에게 관심을 못 받은 고객은 오늘 매장을 나가면
그 고객의 뒷모습이 내가 보는 마지막
모습이 될 수 있다.
내가 컨트롤이 가능하고 내가 다 신경 쓸 수 있을 제
그릇 만큼만 받는 것이다. 양껏 매출에 눈이 멀어,
돈에 눈이 멀어 일단 다 받고 보자라는 마인드를 가진
미용사. 내가 제일 증오한다.
같은 미용사로 보지 않는다. 그런 미용사들은..
장사꾼으로 본다. 디자이너이자 예술을 하는 사람이
아니다. 돈을 벌기위해 장사를 하는 사람이지 우리는
미용사니까 미용사답게 진심으로 고객에게 다가가고
진심으로 고객이 원하는 것을 캐치하여 성심 성의껏

다해 더 나아가 영혼까지 모두 바치며
혼이 담긴 시술을 하라.
그렇다면 그 고객도 그 진심을 다 알고 느끼며 나에게
감사를 하며 고개를 숙여 줄 것이다.
그리고 그때 자연적으로 지갑이 열리고 돈이 따라 올
것이다. 그러니 돈을 먼저 따라가는 장사꾼이
되기보단 예술을 먼저 하는 예술인이 먼저 되고
프로가 먼저 되어라.

이런 말들을 하는 나 역시 아직은 많이 부족하고
실수가 잦으며 아직도 갈 길이 멀은 한 평범한
미용사에 불과하지 않다 마음먹은 대로 일이 되지
않는 것이 사람이다.
내가 저런 마인드를 갖고 저런 마음을 먹지만 저렇게
실천하기란 어려운 일이기는 하다.
그렇지만 나는 항상 긍정적인 마인드로 실력을 떠나
작품을 떠나 사람을 먼저 보는 습관이 있고, 대화를
통해 진심으로 서로를 교감을 한다.
최소한의 실수를 줄이기 위해 항상 연습을 하고
최소한의 클레임을 줄이기 위해 한 분 한 분 모두
신경을쓴다. 고객을 돈이 아닌 정말 감사한
고객님으로 본다면 지금껏 본인들이 범 했던
클레임들은 줄일 수 있게 될 것이다.

❖ 미용사란..

내일부터가 아니라 오늘부터 이다.
다음부터가 아니라 지금부터 이다.

모든지 어차피 나에게 주어진 일이고 언젠가 해야 될
일이고 누군가 해야 될 일이라면 내가 하는 것이고
지금 하는 것이다.

이것이 같은 출발점에서 출발하는 동기 미용사들 중에
내가 선두로 나갈 수 있는 원동력이 되는 것이다..
미용을 하는 모든 선배들은 나의 행동과 나의 마음과
나의 진심을 다 안다.
왜냐 하면 선배들은 이미 다 본인과 똑같은 과정을
겪은 사람으로 본인들 보다 더 심하면 심했지 들
심하게 지금에 위치에 오른 사람들이 아니기
때문이다.. 본인이 무엇을 생각하는지 무엇을
행동하는지 선임들은 다 알 수 있다 그런 사람 볼 줄
아는 사람 보는 미용사의 “눈”을 갖고 있는 분들이다.

성실하다 열심히 하려한다.
열정이 대단하다.
이런 것들은 모두 저런 마인드와 행동에서 나타난다.

항상 남들보다 뛰어나려고 노력을 하고 남들과는
색다르게 남들이 생각하지 못한 것들을 먼저 할줄
아는 그런 차별화된 미용사가 되려거든

내일은 무엇을 할 것인지 가 아니라
오늘은 무엇을 했는지 이다.

오늘은 내가 남들이 하지 않는 부분까지 다 남아서
마무리를 했고 남들이 생각하지 않는 무언가를 오늘
나는 생각해냈다면. 내일은 남아서 무얼 더하지
내일은 어떤 청소나 연습을 하지? 가 아니라 오늘
내가 무슨 연습을 하였고 오늘 내가 어떤 마무리를
하였는지 기록해라. 내일 올 손님까지 신경 쓰지 말고
오늘 온 손님에 대해 최선을 다해라.
그리고 오늘 할 일을 내일로 미루지 마라.
오늘이 중요할 뿐 내일은 안 올 수도 있는 것이다.
사람이란 한치 앞을 내다 볼 수 없기에
그리고 오늘 지금 이 순간이 당신의 인생에서
가장 좋은 시간일 것이다.

오늘은.
당신에 남은 인생중 가장 젊은 날이니까..

무엇이 이뤄졌으면 이 아니라
무엇을 노력하고 있는지 이다.

내가 인턴으로 어느 세월에 시야기가 될 것이며 어느 세월에 디자이너가 되지? 라는 생각을 600% 하고 있을 당신 소원은 그저 편하게 앉아서 눈감고 두 손 모아 기도한다고 이뤄 지지 않는다.
디자이너가 되기 위해 본인은 무슨 노력을 하고 무슨 생각을 갖고 있는지 그것부터 돌이켜 봐라.

원하는 것이 왜 안 이뤄 지는지 가 아니라
원하는 것을 위해 왜 행동하지 않는지 이다.

나는 남들과 똑같이 아니 남들이 2시간 연습할 때 난 4시간 연습했어. 근데 난 왜 이렇게 실력이 안 늘지? 나는 정말 미용에 소질이 없나.. 벌써 1년 넘게 같은 동작을 연습했는데 난 왜 아직도 파마를 못 말지? 실력이 늘긴 늘까? 라는 생각을 할 시간이 있거든
왜 남들 다 하는 빗질을 안 하고 파마를 마는지
왜 남들 다 하는 텐션을 안주고 파마를 마는지 이런 것도 다 했는데 잘 안된다면
선임이나 거울을 보고 본인을 비추어 봐라..
무엇이 잘못 된 행동이고 무엇이 틀린 행동인지.
그리고 그것을 고치기 위해 왜 노력하지 않는지를.

정답은 바로 나는 왜 안 되느냐 가 아니라 나는 왜
행동하지 않느냐 이다.

나는 무엇 무엇을 할 것이다가 아니라
나는 무엇 무엇을 하고 있다 이다.

나는 꿈이 큰 사람이다.
나는 미용사로써, 디자이너로써 이 시대 최고의
아티스트가 될 것이다. 나는 그리고 오너가 되어
상업적으로도 크게 성공 할 것이다.
나는 우리매장에 매출 탑 디자이너가 될 것이다.
나는 헤어 뿐만 아니라 모든 분야의 미용에서 최고가
될 것이다.
나는 무언가 대단한 사람이 될 것이다. 라는 생각

누가 안 갖고 있을까요?

누가 이런 꿈도 없이 미용을 하고 미용을 떠나 누가
성공하겠다는 꿈이 없을까요?
그 어떤 사람이든 그 자신만의 꿈은 그 어떤
사람들보다 큰 꿈 일 텐데..
꿈이 있다면 그 꿈을 향해 노력하고 헤쳐 나가세요.
목표가 1등이면 1등을 향해 앞만 보면서 달릴
것입니다.

앞만 보며 달리다 보면 어느 세 내 앞에 아무도 없고
모두 내 뒤에 있을 수 있죠.
말처럼 쉽지 않아 1등을 못하여도 목표가 1등이라면
근처라도 가게 될 것입니다.
꿈을 크게 가지세요..
당신의 꿈이 4등이 아니듯이 당신은 언제나 당신
인생에 1등이니까요,

❖ 미용이란? 응용이다.

누군가 우리 미용사들에게 이런 말을 한다면
샴푸 뭐 누가 해주던 일반인인 우리가 느끼기엔 같은
느낌이고 그냥 머리 주물러 주는 느낌
그리고 파마도 모양이 다 거기서 거기 누가 하던 다
비슷한 모양이다.
라고 이야기 한다면, 창의력을 중요시 여기는 우리
미용사들은 발끈 하죠.
시안작업을 위해 아이디어와 러프스케치로 얼마나
많은 고민을 하고 본작업은 몇 날 며칠을 밤새가며
작업을 하는데 모디파이니 어디 책에 있는 것 하고
비슷한 데라고 누군가 쉽게 말해 버리면 우리 미용사
들은 발끈합니다. 그렇듯 우린 서로가 뭐 그리 대단들
한지 저마다의 기술이 각자에겐 최고인줄 알며
자부심을 갖습니다.
심지어 어떤 디자이너는 지식과 경험부족으로 옳지
않은 결과가 나왔을 적에 자기의 과오를
스텝 탓으로 돌리는 경우도 많습니다.
결코 자기는 자기의 과오를 인정하지 못하는 거죠.
믿지 않는 것입니다. 난 틀렸을 리 없다.
모든 건 너의 중화 탓 혹은 너의 미스 탓이다.
정말 대단한 자부심이죠.

우리는 이렇듯 어느 정도 경지에 오르면 언제부터
그랬다는 듯냥 각자 분야에 최고가 됩니다.
저도 한때는 제가 최고인줄 알았고 제가 하는 시술에
대해 이 이상에 시술은 없다고 생각을 한 적도
많죠..^^하지만 우물 안 개구리가 되지 않으려면
자신의 과오를 인정할 줄 알며 배우는 마음가짐을
항상 가져야 합니다.
정답은 없지만, 정석은 있고.
더 나은 답도 분명 있을 것입니다.
그리고 스스로가 정말 부끄럽지 않을 만큼에 위치에
올랐을 때 그때 자부심을 누리세요.

당신이 지금 하고 있는 그 동작, 그 생각
다 정답입니다. 당신에게는 말이죠,
미용에 정해진 정답은 없습니다.
각자가 다 개성강한 본인만의 스타일이지 누가 그것을
오답이라 말 할 수 있을까요.
항상 겸손함과 때론 프로의 자부심을 갖고 이 세상에
단 하나 밖에 없는 자신만의 정답을 만드세요!!

그리고 생각을 바꾸세요.
하루에 12시간 서있어서 다리 아프고
여잔데 다리가 퉁퉁 부어오르고 손에는 중화 독에
항상 거칠어지고 실기시험 또한 35분이라는 짧은

시간동안 다 말아야 하고 손가락도 많이 베이고
상처투성이에 끼니 또한 항상 불규칙 적으로 항상
먹어야 하며 온갖 진상 부리는 고객들로 하여금
스트레스를 받고 샴푸할 때 양 팔의 자세로 인하여
여성분들 가슴이? 발달 안하겠지만..
원래 예술인은 고달프고 배고픈 법입니다.

우리는 무 에서 유를 창조해 내는
뷰티아티스트잖습니까?!

잔재주를 부리는 기교는 필요 없고 과장된 비평이나
해설도 필요 없습니다.

우리는 사는 것이 예술, 죽을 때 "나라는 작품" 에
감동하고 싶을 뿐..

● 인턴 일기

웃긴 게 내가 여태껏 몸을 하루라도 담가 봤던
미용실에서 나는 항상 나이가 막내가 아니었다.
미용을 처음 시작할 때 도 나보다 어린 친구가
선임이었고 미용을 계속 할 때 마다 항상 내 위에
선임은 항상 나보다 나이가 어린 여동생 이였다.
하지만 미용실은 제 2의 군대라고 하지 않는가?
나이는 상관없다 무조건 경력만이 인정되는 현장이다.
나이가 아무리 나보다 어려도 경력이 나보다 높다면
나는 그 선임에게 고개를 숙이고
그 선임은 나를 쓰다듬어준다.
이런 것을 버틸 수 없으면 미용을 하지 못한다는 것은
아주 오랜 시간이 지나서야 알 수 있었다.

하지만 처음 배울 때 당시 나는 이런 것을 이해 할 수
없었다.
선임인 여자애가 반말로 나에게 말을 한다.

형철아 저기 샴푸 좀해라.

?

뭐? ㅋ

형철아? ㅋㅋ

이이, 내가 친구냐?ㅋㅋㅋㅋㅋㅋㅋㅋㅋㅋㅋㅋ 이게
어디서 오빠한테 형철이래

결국 나는 선임에게 대든 개념 없는 막내스텝으로
그 매장에서 왕따가 되었고 적응을 할 수 없었다.
그 이후 다른 지역에 다른 미용실 들을 돌아 다녔다.
아마 내가 각 지역의 매장을 옮길 때 마다
큰 이유는 선임과 싸워서였다.
나는 한 살이라도 어린 친구가 나에게 반말을 하고
하대를 한다는 건 인정할 수 없었다.
학교에서 만났으면 내 눈도 못 마주칠 동생들이 지금
사회랍시고 텃새를 부리나?
라고 생각을 했으며 당시 나의 그릇 또 한 저 정도
밖엔 되지 않았기 때문이다.

이후 서울, 안양, 용인, 동탄 등 여러 타 지역을
탐방하면서 들어간 매장에 하필이면 왜 하필이면 꼭
한 살이라도 어린선임이 있었는가! 어찌 보면 이런
것도 다 운명이고 운이지.
이렇듯 항상 어리거나 최소 한 살이라도 꼭
어린선임이 계셨고 그 선임들이
나를 하대하거나 반말을 할 때 마다

싸우거나 혼내왔다 그리고 결국 퇴사를 하게 되었고
이런 식으로 전국을 돌아다니면서 시간이 제법
지났음에도 나는 실력적으로 늘은 것이 없었다.
앞에서도 말했다 시피 2년 동안 거의 10군대도 넘게
돌아 다녔기 때문이다.

그렇게 시간이 좀 지날수록 나도 생각이 들었다.
아 미용이라는 건 이렇게 내 감정에 욱하면 배울 수가
없구나. 배우는 입장에선 나이가 뭐고 중요하지
않구나. 나보다 어려도 선임은 선임이구나. 라는
생각을 조금씩 하게 되었고 마지막으로 들어갔던 서울
강동구에 있는 너무도 좋은 자리 로데오거리에 한복판
중에 한복판인 최고 명당 미용실에 입사를 하였다.
자리가 너무 좋아서 정말 고정 고객보단 오늘 시내에
나왔다가 머리를 하는 손님들이 정말 많았고 하루에
파마만 70여명이 왔다. 바빠도 너무 바쁜 매장이였고
역대 내가 미용을 해 오면서 다녔던 매장 중에 가장
바쁜 매장이였지 않나 싶다.

손님이 그렇게 많다는 것은 인턴으로써 많이 만져볼
수 있다는 소리다.
샴푸도 샴푸지만 손님이 많기에 이것저것 많이 해 볼
수 있는 매장이였다.

그리고 역시 그 매장 또 한 선임이 나보다
어린선임이었다. 그래도 그 선임과 나는 완만한
관계를 유지하려 노력했고 선임이 함부로 말 하는
것에 대해 참고 또 참아왔다.
더러워도 참았다 그렇게 수도 없이 많은 날들을 참고
또 참을수록 나는 정말 많은 것을 만지고 배울 순
있었지만 아직 제 그릇이 크지 않은 상태에서 많은
것을 담기란 어려웠다.
나는 그러다 결국 그 매장에서 그 선임에게도 참다
참다 분노가 폭발하였다.ㅠㅠ
그리고 해선 안 될 짓 까지 하게 되었다.
그 선임이 계단에 올라가고 있을 때
뒤에서 머리를 잡아채며 대사를 날렸다.

야 이 씨암탉아 내가 그래도 너보다 나이는 많은데
말을 그렇게 하면 써요~ 못써요
내가 지금 이 미용실 이 순간 부로 나갈 건데, 내가
이 순간 부로 나가는 순간 너와 나의 사이는 선배
후배가 아닌 오빠 동생이 돼요~ 안 돼요

대답해봐

선임은 그저 당황하며 입술을 부르르 떨었다.

그리고 계단에서 넘어진 충격으로 울음을 터트리고
이 사건은 좀 일이 커졌으며 여러 선생님들
실장님들이 몰려 와서 싸움을 말려 주셨고 상황이
종결 되었다 이후 나는 여자를 때린 쓰레기가 되어
어쩜 당연하지만 퇴사를 하게 되었다.

그렇게 돌고 돌아 결국 나는 마샤뷰티살롱까지 오게
되었다. 그리고 마샤뷰티살롱에서도 너무나 지겹게
역시나 또 선임이 나보다 한 살 어린 친구였다.
그렇지만 난 정말 이번만큼은 절대 그러지 말아야지
내가 또 그러면 정말 난 미용을 못하는 사람이 되는
것 이라는 걸 이때 깨달았다.
그리고 이런 것도 못 참으면서 어떻게 사회생활을
할지도 생각해봤고 어차피 한 살 차이면 거의 친구
뻘이니 그렇게 기분 나쁠 것도 없다 생각하고 정말
꾸준하게 3년간을 참아 왔다.
나중에 나는 그 한 살 어린후임에게 철들었다,
수고했다는 칭찬을 들어가면서도 절대 화를 내거나
분노를 터트리지 않았다.
더 이상, 정말 더 이상은 허송세월을 보내고 싶지
않았기 때문이다. 그리고 내가 타 지역을 탐방하면서
화를 냈던 그 선임들에게 그땐 미안했다고 아니
죄송했다고 전하고싶다.

지금 그 선임들이 이 책을 보게 될지도 모르겠지만.
난 사과를 전하고 싶다.
내가 그래도 그러지 말았어야 했다는 걸.
이제는 조금 알 것 같습니다.
그 선임이 시키는 데로, 지시하는 데로, 청소를 하고
연습을 하였다. 그렇게 시간이 지날수록 나에게도
후임이 들어왔고 나에게도 나보다 나이가 많은 후임이
들어왔었다.
두 살이나 많은 후임 이였다.
나는 그 후임에게 내가 지금까지 받았던 하대를
똑같이 해주진 않았다. 잘해주었다 그래도 나보다
나이가 많으니깐 나이 대우를 해주었지만
말은 편하게 놓았다.
이름이 ..K양 이였다.
나는 그 K양에게 잘 해줌으로써
그 K양과 친해질 수 있었고 나중에 친해지고 나서야
내가 물어본 말이 있다.

어 그래 K양. 고등학교 어디나왔니?!

라는 질문에 그 K양에 대답은....

두구두구 액션!!

“형철 선배님 나온 고등학교에요^^
선배님 1학년때 3학년이였어요,”

이였다.ㅋㅋㅋㅋㅋㅋㅋㅋㅋㅋ

아...............내 고등학교 선배님이셨다......

이게 웬 운명의 장난인가 선배가 후배가 되어
돌아왔고 후배가 선배가 되어 돌아온 셈이다.
그렇게 고등학교 동창으로 고등학교 시절 얘기를 하다
보니 공감되는 것이 많았고 내가
선배님이라며 부르는 그 분들에 친구였다.
그렇게 고등학교 얘기에 빠져서 대화를 하다가 보니
나도 모르는 사이에 그 K양 아니 그 K선배님에게
존댓말을 쓰고 있었고
그 K선배는 나에게 반말을 하고 있었다.
너무도 자연스럽게 그렇게 나는 생에 첫 후임을
선배 대접 해주게 된 셈이었다.

형철아 나 오늘 너무 힘든데 이거 파지랑 빨래 네가 좀 마무리 해주면 안돼?

네 제가 할게요 선배님^^;

참 지금 생각해도 좀 그렇다.ㅎㅎ
오히려 웃기고 재밌다.
와 역시 나는 남들이 쉽게 겪지 않는 일들을 너무도 자연스럽게 겪는구나 이렇게 나는 마샬미용실에서 유일하게 후임이 들어와 막내에서 겨우 탈출하나 싶더니 후임이자 선배라 다시 난 막내가 하는 일들을 하면서 꼬박 3년을 보냈다..^^
그렇게 3여년이 지나 스텝으로써 경력이 올라가고 이제 보는 눈이 넓어졌으며 중상 스텝 정도가 되어서 느꼈던 바로 "스텝생활" 이라는 것을 경험함으로 많은 것을 알게 되었고 어느 정도 노하우와 팁이 생겼다.
그 팁과 스텝으로써 살아남는 법은 바로

"손님들한테 친절을 베풀면 그것 또한 다 돌아오게 돼 있다."
(자신이 그 매장에서 디자이너가 됐을 때, 작은 실수도 너그럽게 용서해주는 고객이 되어 줄 수도 있고, 친절을 담보로 입소문을 통해 단골손님이 되어주기도 한다. 그러니 잘하자ㅋㅋ)

그리고 디자이너 서브를 보면서 아무 생각 없이
하라는 대로 하면 나중에 그냥 생각 없이 반자동으로
손만 움직이는 기계가 되기 때문에, 예를 들어
디자이너가 시술하는 방법을 메모하거나 기억해주면
참 좋다. 손님의 모발 상태, 들어가는 롯드 크기, 열펌
약처리 방치시간, 중화타임, 마무리 때 컬 손질 방법,
이런 것들을 잘 봐두면 나중에 큰 도움이 된다. 혹은
나중에 디자이너가 되어서 예전에 서브 봤던 선생님의
시술방법이 시술들어가기 전에 내 생각을 바꾸는, 더
좋은 결과를 위한 큰 전환점이 되기도 한다~!

그리고 자신이 빨리 크기위해선 무조건 손으로
느껴봐야한다.
자신감이 없어도 제가 해볼게요, 제가할게요! 라고
말하고 실수하더라도 실수가 반복되지 않도록 이유를
깨 닳고 연습하면 된다.
시술 중, 디자이너가 약을 선택하는 방법, 방치시간,
시술방법, 테크닉 등을 잘보고 잘 모르는 것이나
궁금한 점은 먼저 물어보고 까먹지 않게 메모를
해주면 자기발전에 도움을 준다.
예나 지금이나 선배가 후배에게 먼저 알려주는 사람은
드물다, 선배 또한 먼저 물어봐주고 자기 기술에 관심
있어 하는 후배가 예뻐보이고 하나라도 더 알려주고자
하는 마음이 든다.

처음엔 파마나 염색시술은 자신도 참여를 할 수 있고
재미를 느껴 서브를 보지만, 시술 참여를 못하는 커트
서브는 보는 걸 귀찮아하고 싫어하는 스텝이 있는데,
커트 서브야 말로 나중에 보려고 해도, 중상~시야기
정도의 단계가 되면 그 만큼 해야 할 일이 많아
기회도 자주 오지 않고 보기 힘들다..
어느 정도 디자인과 커트선을 보는 안목이 트이면
집중해서 서브 보는게 좋다.
어느 정도 커트에 관심이 갈 땐 여러 선생님의
커트기법, 가위테크닉, 커트 선을 보며 감각을 키우길
바란다!

같은 인턴끼리 원만한 관계와 선의의 경쟁을 위해선
서로 뒷담화 보단 같이 모여서 연습을 하고 서로
기술정보를 공유하며 친하게 지내는 게 좋다.
연습 또한 부족한 기술을 개선하는 좋은 습관이
되지만, 혼자서만 하면 오히려 자세라든지 잘못된
부분을 혼자 알 수 없기 때문에 동기, 선배들과
같이하며 잘못된 부분은 고치고 코치 받으며 나만의
것으로 만드는 게 좋다.
그리고 연습일지 같은 노트를 하나 준비해서 그날그날
배우고 느낀 것들을 적고 포인트를 주면 다음 연습에
큰 도움이 된다. 남들에게 보이기 위해서 귀찮게

적으라는 것이 아니라 나에게 도움이 되는 것 이므로
이 방법을 추천한다.

앞전에서 말했듯이 여러 명의 디자이너들 중 그 누구
하나도 복제인간 처럼
똑같지 않듯이. 각자 배운 것들이 각자들 다 다르듯이.
다 각자만의 정답이 따로 있듯이.
스텝도 마찬가지다. 스텝들도 다 같이 같은 교육을
받더라도 각자들 이해하고 흡수하는 부분들이 다르며.
각자 아 이 부분이 나에겐 더 편하고 맞는다. 라는
부분이 다 다르기 때문에 같은 교육을 받아도 다른
이해와 해석과 다른 정답이 나온다.
그래서 동료 스텝들끼리 서로 모여서 정보를 공유하는
것은 매우 중요하다. 나는 솔직히
샴푸할 때. 여러 선생님들에게 배워 하나의 내 것을
만들어서 난 나만의 방법이 제일 편해
하지만? 나는 너와 모든 걸 정 반대로 하는 것이
나에겐 편해, 라는 동료가 항상 존재하기 때문이다..
그렇지만 글쓴이가 여러 번 말했다 시피.. 방법과
순서는 상관없지만 결과는 항상
같아야만 한다. 그리고 정답은 없지만 . 항상 정석은
존재해야 된다. 샴푸 또한 물을 충분히
도포 한 후에 거품을 내야지 거품이 잘 나듯이.

물을 충분히 도포도 안하고 자기 만에
방법이랍시고 거품을 먼저 내려고 해도 거품이 안
나서 제대로 된 샴푸가 불가능하듯이.
샴푸도 당연한 정석은 있다. 그 다음 단계인 모발의
건조 또 한 결국 결과는 손님의 모발을
100% 혹은 디자이너가 지시한 % 만큼의 모발을
건조하는 것이 목적이다. 말리는 방법이야 각자 다
다르겠지만. 정석은? 머리를 말릴 땐 모발보단 두피를
먼저 말리고 모발을
말려야 한다. 이것을 가지고 자기만의 방법이랍시고
난 모발을 먼저 말려! 이게 내 스타일이야! 라는 틀린
정석을 하면 안된다. 모발 건조하는 방법이나 순서
식은 다 다를지라도 두피를 먼저 말린 이후 모발을
말리는 것은? 정답이 아닌 정석 인 것이다.
또 그 다음 단계라고 한다면 그 다음 단계인
파마(와인딩) 이 또한 각자 디자이너들 마다 스텝들마다.
더 나아가 모든 미용사들이 다 각자 와인딩 하는법은
다르다. 그렇지만 이 또한 역시 중요한 정석은
존재한다. 어느 타이밍에 텐션을 주던. 디자인에 따라
어떤 각도로 어떤 기법으로 와인딩을 하던. 자기만의
생각과 정답대로 하겠지만. 정석은?
뿌리가 꺾이지 않고 모발 끝이 파지에 씹히지 않아야
된다. 모발의 끝 부분을 다 빼지도 않고 냅다 파지로
감아 버리면 모발의 끝이 뒤로 꺾이기에 문제가 된다.

모발의 끝이 꺾이지 않게 하기 위해서 각자만의
가지각색인 텐션을 주면서 모발 끝을 확인하겠지만..
글쓴이는, 글쓴이만의 방법을 독자들에게 일러 주려
한다..

파지를 모발에 올리고 롯드가 들어가기 전에 모발의
끝이 파지의 중간을 기준으로
밑으로 내려가면 내려 갈수록 와인딩 할 때 모발이
중간에 빠질 확률이 적어지는 대신에
모발의 끝이 꺾일 확률이 늘어난다.

반대로 파지를 모발에 올렸을 때, 모발의 끝부분이
중간을 기준으로 올라가면 올라 가 있을수록 와인딩
할 때 모발이 중간에 빠질 확률이 매우 늘어난다. 그
대신에 모발의 끝이 꺾일 확률이 매우 줄어든다.

내가 와인딩 중간에 모발이 안빠질 수 있을 만큼에 손
컨트롤이 가능하다면 최대한 모발의 끝을 파지의
중간을 기준에서 최대한 올려서 와인딩을 하면 꺾일
확률은 거의 걱정 없이 말 수 있다.
하지만 내가 아직 경력이 부족해서 경험이 부족해서
연습이 부족해서 저런 컨트롤이 불가능 하다면 파지의
중간을 기준으로 내려오지도 않게. 올라가지도 않게.

그래서 와인딩 중간에 모발이 잘 빠지지도 않게,
그렇다고 모발의 끝이 잘 꺾이지도 않게.
딱 중간 쪽을 놓고 롯드가 들어간다면 자신이 어떤
부분이 약한지 알 수 있게 된다.

즉 나는 텐션은 잘 주고 모발 끝을 거의 안 꺾이게 잘
마는 편이지만.. 중간에 모발이 자주 빠져 다시 말고,
다시 말고 하는 편이다? 그렇다면 나는 모발을 파지의
중간을 기준으로 아래쪽으로 놓고 마는 연습을 하고

나는 반대로 한번 와인딩이 들어가면 벤딩처리를 할
때 까지 절대 모발을 빠트리지 않는다.
하지만..나는 텐션이 약간 약한편이며 모발 끝이 자주
꺾이는 편이다? 그렇다면 나는 모발을 파지의 중간을
기준으로 위 쪽으로 놓고 마는 연습을 한다.

이렇듯 미용의 기본 중에 기본인 와인딩도 정답은
없지만.. 가장 중요한 기본과 정석은 존재한다.
그러기에 연습을 하더라도 내가 어느 부분이 약한지,
어느 부분을 잘 못하는지 알고 연습을 해야한다.

그 다음 단계라면 다음 단계인 약도포.
약도포란 매직약을 모발에 바르는 것도 포함
파마약을 모발에 도포하는 것도 포함이다.

이 쯤에서 글쓴이가 조심스럽게 하고 싶은 말이
있다면 미용실마다, 회사마다, 교육자마다, 교육을
받는 연습생마다, 교육을 해주는 교육장 마다, 다
미용의 기술 순서와 레벨 순서가 다르겠지만 글쓴이가
조심스럽게 기본적인 순서를 얘기하려 한다.

미용의 기본적인 순서라 하면 제일 먼저
1단계가 샴푸 및 모발건조 및 서비스이다.
2단계가 파마의 와인딩이고
3단계가 컬러링과 약도포 및 매직,셋팅 등 열펌이다.
4단계가 드라이이다.(모발건조가 아닌) 웨이브 드라이
혹은 매직드라이 등. 멋내기 드라이
5단계가 커트 라고 생각한다..

앞에 말했듯이 각 미용실마다 회사마다 모두 이
단계는 다르다.
단계의 순서는 모두 다르지만 글쓴이는 글쓴이가 나름
레벨로 레벨업을 할 때마다 배운
미용의 기술 순서를 나만의 순서를 적은 것 이다.
이순서가 대표적인 공식 미용레벨별 순서는 아니라는
걸 다시 한 번 강조해서 조심스럽게 적어본다.^^

이렇듯 샴푸를 배우고 와인딩을 배우고 다음 단계인
약도포로 넘어 갔을 때 팁은.
(지자는 오른손 잡이 임으로 오른손 잡이의 기준으로 설명을 한다.)

"왼손은 거들뿐"

약을 도포하는 손은 오른손이다. 왼손은 그저 거들 뿐.
왼손이 받침대가 되어 모발을 손바닥에 올려놓는다.
그리고 버팀목이 되고 지지대가 되며, 오른손으로
약을 묻힌 붓을 손바닥을 향해 강약 조절을 하며
도포를 한다.
여기서 도포하는 방법 역시 각 미용사마다 다르다.
어떤 미용사는 왼손의 바닥을 이용하여 받침대로
사용하지 않고 왼손을 모발 끝을 잡고
당김으로써(텐션을준단 뜻) 모발을 평평하게 만들고 그
위에 오른손으로 약을 도포하는 미용사도 있다.
하지만 글쓴이는 둘 다 해 보고 더 빠르고 더 편하고
쉬운 나만의 방법을 적는 것이다.
말했듯 왼손을 받침대로 안 쓰고 모발 끝을 잡고
텐션을 주고 도포를 하면 바닥으로 약이 흐르는
경우도 있고 약이 뭉침으로 오른손 손가락으로
핸들링을 해야 한다. 핸들링을 함으로 뭉친 약의
부분을 고로 펴서 바르기 때문이다.
이렇듯 바르고 핸들링 바르고 핸들링 하기 때문에
시간이 오래 걸린다.

하지만 왼손바닥을 모발의 밑에 받침으로 써 그 위에
붓으로 눌러 바름으로써 자동적으로 텐션이 가해지며
약들이 뭉치지 않고 펴져 도포가 된다. 그럼으로
불필요한 핸들링을 할 필요가 없어짐으로 자연적으로
시간이 단축 된다. 그리고 염색약이나 강한 열펌 약
같은 경우 핸들링을 함으로 써 손에 열기가 모발에
마찰이 됨으로 열이 발생한다.
그 미묘한 차이로 색이 더 나오고 덜나오고 연화가 더
나오고 덜나오고 가 결정됨으로 핸들링을 자제하기
위해서라도 왼손 바닥을 이용한다.
하지만 연습 앞에는 장사 없다.
아무리 내가 글로써 말로써 이렇게 팁을 적어도
본인이 직접 연습을 하여 본인만의 방법을 터득하며
본인의 손으로 감각을 깨우치는 것이 가장 중요하다.
하지만 글쓴이가 후배들 제자들에게 알려 준다면
나는 이런 방법으로 알려주고 싶고, 알려주고 있다.

그 다음 단계인 열펌(매직.셋팅등등)
먼저 셋팅같은 경우 기본적으로 일반 와인딩을 못
하면 절대 들어갈 수 없다.
셋팅 같은 경우 모발 끝이 꺾인다면, 뿌리가 꺾인다면
정말 회복할 수 없을 만큼의 치명적인 데미지가
들어간다..그러기에 일반 와인딩으로 연습을 충분히 한
후 셋팅과 디지털의 와인딩이 들어간다.

와인딩 하는 법이야 일반 와인딩과 거의 흡사 하다.
하지만 롯드가 매우 뜨거움으로 조심하여야 한다..
그의 뜨거운은 미용 경력이 차면 찰수록 거짓말처럼
안 뜨거워 진다. 롯드의 열이 식어서? 아니다.
내 손이 점점 미용사의 손이 될수록 거짓말처럼
그것이 덜뜨겁게 느껴진다. 그래도 팁 아닌 팁을
적자면 저자같은 경우 열펌을 할 때면 열펌을 할 때만
끼는 전용 장갑이 따로 있었다. 일반적으로 우리가
끼는 고무깔깔이 장갑이 아닌 하얀 얇은 천으로
되있는 천장갑이 있다. 그것을 한번 끼고 그 위에
고무 깔깔이 장갑을 착용하면 그 어떤 280도의
셋팅열펌 롯드일 지라도 거침없이 잡을 수 있게된다^^
열펌의 연습은 일반 롯드로.. 사실 일반 와인딩이
능숙해 진다면 자연적으로 자동적으로
셋팅과 디지털도 능숙하게 말 수 있다.^^
위에 말했던 와인딩 연습에 디지털 셋팅도 다
포함되있는 말이다~!! 그럼 다음 단계인 매직과
볼륨매직은 정말 하루아침에 가능해지지 않는다.
보기엔 정말 그 어떤 파마 보다 쉬워보인다.
그냥 뭐 빗대고 매직기 들어가서 쭈욱~ 당기면 되는
거처럼 보이지만 매직이야 말로 정말 힘들다.
매직을 할 때 뒤에서 서브를 볼 땐
매직기로 강하게 잡아서 모발을 강하게 잡아 당기는
것 같이 보이지만 사실 매직은 모발을 그렇게 강하게

잡아당기면 안 된다. 연화가 되있는 모발임으로
당기면 모발이 쭉쭉 같이 늘어나기 때문에 그렇게
잡아당기면 안 된다. 그럼? 가끔 선생님들 중
아랫판과 윗판을 강하게 다물고 아주 짱짱하게
매직기로 쫙쫙 당기라는 선생님이 계실지 모른다.
하지만 매직 또한 정답은 없다지만 정석은 존재한다.
모발을 절대 저렇게 당기면 안 된다.
보기엔 텐션도 들어갔고 강하게 당기는것 같지만
손에 힘을 빼고 매직기의 아랫판과 윗판이 꽉 다문것
같지만 사실 아주 꽉 다문것이 아니라 아주 살짝
살포시~ 아랫판에 윗판을 올려놓은 것이다.
만약 윗판과 아래판을 강하게 다물 경우 뿌리 부분에
라인(띠) 매직기의 모양이 잡힌다.
그 부분은 매직이 풀릴 때 까지 그 자국도 없어지지
않는다. 그러기 때문에 조심스럽게 살포시 끝까지 안
다물고 올려만 놓고 당길 때에도 강하게 잡아당기는
것이 아니라 손에 힘을 풀고 천천~히 살살 당긴다.
그렇지만 왼손으로 항상 텐션을 유지하며 뿌리 부분에
매직기 판이 들어갈 때에는 뿌리가 두피로부터 정확히
90도가 되어야 두피에서부터 90도로 모발을 들은
상태에서 왼손으로 텐션을 주고 매직기가 들어간다.
90도가 아닌 조금이라도 밑으로 내려간다면 아무리
살살 잡아도 그 뿌리의 자국은 생기기 때문이다.

모발을 두피로부터 90도로 각도를 들은 후 매직기가
들어가서 매직기는 정면이 아닌 아주 살짝 5도정도만
안으로 감아준다. 그 상태로 살짝의 5도의 각도를
고정각도로 변하지 않고 각도를 유지하며 끝까지
밑으로 당기며 내려간다. 여기서 5도는 왜 감냐면
그냥 평면으로 잡고 필 시에 인간의 손으로 하는 거기
때문에 매직 이후 모발의 끝 부분이 바깥으로 다 뻗는
경우들이 있다. 그것을 감안하기 위해서 아주 살짝
5도 정도를 안으로 감아준다. 여기서 중요한건
살짝 5도정도만 안으로 감아줘야지 너무 많이 감아
버리면 그것은 매직이 아닌 볼륨매직이 되는 것이고
더 감아버리면 매직개념이 아닌 자연스러운 C컬의
개념이 되기 때문에 매직의 느낌도 살리며 바깥으로
뻗는 것도 잡아주기 위해 5도정도만 감아준다.
그럴일은 거의 없지만 아주아주 혹시 만약에..
미용사도 사람이니까 실수를 하게 된다.
우린 기계가 아니기 때문에 거의 드문 일이지만
뜨거운 매직기가 손님의 두피나 살에 살짝 닿아서
손님이 앗뜨거! 라며 놀라게 될 때
대처법을 알려주려한다.
모든지 솔직한게 좋지만..
솔직하게 손님에게 "죄송합니다 매직기가 고객님 살에
닿았네요" 라고 말 한다면

큰일난다정말ㅋㅋㅋㅋㅋㅋㅋㅋㅋㅋㅋㅋ 이럴 땐 선의의
거짓말을 해서라도 고객님을 안정시켜야 된다.
만약 저렇게 솔직하게 말할 경우 고객님은 굉장히
불안감에 휩싸이며 갑자기 안 아팠던 부위까지
아파지기 시작할 것이다..-_-..그리고 영원히 나를 안
찾으시게 될 것이다......그러기에 우리 미용사는
선의의 거짓말을 하는데 내가 쓰던 수법은 이것이다.

"고객님 모발에 수분을 100% 건조하고 매직이
들어가진 않아요. 거의 100%로 말리지만
아주 약간의 살짝의 수분은 남아있고 매직기로
작업합니다. 그래서 그런 모발에 매직기가 들어가면
수증기처럼 연기가 나오죠, 자 지금 보시다시피^^ 이
연기가 두피 속으로 들어가면 따듯한 연기기 때문에
고객님이 순간적으로 그렇게 느끼실 수 있어요."

그럼 열에 아홉은 "아~ 그렇구나" 하실 것이다.
하지만 이런 실수는 절대 적으로 하면 안 될뿐더러
절대 고객님 피부에 매직기가 닿는 정말 아마추어
같은 행동은 하여선 안 된다. 그러기 위해선 연습,
연습, 연습만이 정답이고 잘 해도 연습을 하여야 하고
항상 긴장된 마음으로 최선을 다하지 않으면 안 된다.

그리고 나아가 드라이, 커트 모든 미용의 기술의
정답은 연습이다.
연습이며 같은 동료로부터의 공유이며 선임으로
부터의 배움이다.
겉멋만 들어서 틀린 오답을 자신만의 정답이라고 믿고
틀린 정석을 시술하는 아마추어 같은 미용사가 되지
않기 위해선 프로다운 연습과 프로선생님들로 부터의
가르침을 프로답게 흡수해야 한다.
지금껏 글쓴이가 말한 팁은 누군가에겐 도움이 될
팁이겠지만 누군가에겐 도움이 안 될 팁이기도 하다.
왜냐 하면 미용은 받아드리기에 따라 다르며
흡수하기에 따라 다르며 생각하기에 따라 다르기
때문이다. 그렇지만 샴푸를 못하고 모발도 건조
못하는 직원에게 와인딩을 맡기는 일은 없다.
그리고 와인딩을 함으로써 각도를 이해하고 각도를
알아야 매직이 들어갈 수 있다 매직이 들어가서
각도와 텐션의 컨트롤이 정확해 져야
드라이를 할 수 있고 드라이를 해야 커트 선을 볼 수
있기 때문에 미용엔 순서라는 것이 존재한다.
거듭 말하지만 그 순서는 회사마다 미용실마다
다르겠지만 지금 말한 순서는 글쓴이가 배운 순서를
적어본 것이다. 아무리 비달 사순이 와서 강의를 한다
한들 내가 그것을 받아드릴 자세가 안 돼 있고 생각이
다른 생각을 갖고 있다면 비달사순의 교육 또 한

나에겐 도움 안 되는 교육일 뿐이다. 가르치려는
사람이 누구냐가 중요한 게 아니고 배우는 사람의
생각과 마인드가 중요한 것이다.
가르치려는 사람의 입장은 본인이 배우고 본인이
느끼며 본인이 겪었으며 본인이 살아온 미용,
본인만의 정답을 가르쳐 주는 것 뿐이기 때문이다.
결국 연습 없이 얻을 수 있는것은 없으며 기초를
못하면 위에 일을 못한다.
어떻게 1이 없이 2가 존재 할 수 있겠는가?
1이 있어야 2가 있고 2가 있어야만 3이 있을 수 있다.
청소와 정리정돈을 깔끔하게 꼼꼼하게 잘하는 사람이
결국 샴푸도 고객이 찝찝함을 느끼지 않게 꼼꼼하게
잘하고 샴푸를 잘하는 사람이 꼭 보면 와인딩도
잘한다.
와인딩을 잘해야 매직을 잘 할 수 있고 결국 매직을
잘해야 드라이를 이해 할 수 있다.
결국 드라이를 잘 하는 사람 치고 커트를 못하는
사람은 본적이 없다. 그리고 난 헤어디자이너라고
하는 선생님들 중에 머리를 못하는 헤어디자이너들은
본적이 없다.
항상 나보다는 잘하게 보여 졌으며 그 누구도 나보다
못하는 사람은 본적이 없다.
내가 못 하는걸 해내는 것은 만무하고 내가 하는
방법보다 저 선생님이 하는 방법이 더 좋아 보이기

때문에 항상 자만하지 않고 자존심을 새우지 않고,
동료들과 공유하며 연습을 반복하여야 한다.
그래서 남들보다 잘하진 못해도 남들이 못 하는 것을
해내야 되며 남들과는 다른 나만의 특별한 노하우로
나만의 특별한 정답을 만들어야 한다. 그렇게 시간이
지나 내공이 쌓인다면 나는 이 세상에서 누구에게도
꿀리지 않는 한 개성강한 독특한
나만의 헤어디자이너가 돼 있을 것이다.

글쓴이 또 한 저렇게 나만의 정답을 꾸준히
메모해오며 그 날 그 날의 배운 것들을 메모함으로
잊어버리지 않게 매일 연습을 반복하였고 정말
나름대로 최선을 다하며 노력하는 스텝으로 열심히
인턴 생활을 하였다.
그렇게 스텝으로 한 참이
지난 이후 디자이너가 정말 되었다.

내가 인턴 생활 때 정말 웃기게 꼭 머피의 법칙 처럼
나보다 꼭 한 살이라도 어린선임이 있었던 것들의
보상이라도 받듯이 내가 디자이너가 되었을 때 나보다
3살이나 많은 스텝이 들어 왔다 거기다가 동성 형
이였다. 그렇지만 나는 더 이상 그 나이 많은
스텝들에게 나이 대우를 해주지 않았다.

나도 그들과 똑같이 누구야 넌 잘 안들리냐??
누구야 넌 한번 말하면 원래 잘 모르니??

라는 식으로 혼을 내었고 밥 먹을 시간에 내 밥이
없으면 밥 안 해놨다고 주걱을 3살 많은 형을 향해
던지며. 너만 다 먹으면 된 거냐 라는 식으로 심하게
하대를 했다.

나도 내가 왜 그렇게 까지 나쁘게 대했는진 후회
스럽다. 사람은 자기가 당한 것 만큼 베풀게 돼 있는
법 인것 같다. 내가 인턴 때 조금이라도 인간적인
따듯함과 보살핌을 받으며 존대를 받으며 버릇 있고
예의 있게 성장했다면 나 역시 선생님이 되어서도
인턴들에게 존대를 하며 대우를 해줬을 것 같은데,
너무도 모진 하대만을 받고 성장해온 나도
나도 모르는 사이에 그런 악마가 되어있었던 것이다.
내 그릇이 저거 밖에 안 되는 소인배였던 것이다..
지금이라도 그때 나에게 밥주걱을 받은 그 형.
그 형님에게도 이 책을 통해
죄송했다고.. 전하고싶다..

그리고 지금 선생님들을 보면 선생님들도 두 분류로
나눌 수 있다.

앞전에 믹인도쿄의 젝키선생님 처럼 스텝들에게
인턴이지만 존댓말을 하며 사람대우를 해주며 나이가
있다면 나이 대우까지 해주며 잔일을 시키더라도 기분
좋게 존댓말로 부탁을 해주시는 선생님이 있는 반면

뭐하니? 이거 안하고?
?못들었어?
이러는 선생님들이 계신다.

이제 보면 두 선생님들이 왜 다른지 알 것 같다.
전 자 같은 선생님은 저런 대우를 받고 미용생활을
하신거야. 후 자 같은 선생님도 저런 대우를 받으면서
미용생활을 하신거지.
그리고 안쓰럽게 걱정을 하게 된다.
나도 내가 모르는 사이 내가 무슨 행동으로 인턴
분들에게 대해 줬을까 인턴 분들이 생각하는 나는
어떤 사람일까 라는 것을..

그리곤 나도 변하려 노력 하였고..
내가 당했을 때의 그 기분을 돼 짚어 봤다.
정말 정말 열이 받았었기 때문이다..

내가 그때 그렇게 열 받았었으면
지금 인턴 분들도 같은 사람이기에 더 열 받았으면
더 열 받았지 덜 열 받지 않을 것.
그것을 생각하며 난 지금 앞전에 말한 전 자 같은
선생님이 되려 노력하고 있고 많은 후배들에게도 악마
보단 천사의 이미지로 남으려 노력하고 있다.

이렇듯 인턴은 기술을 떠나 감성과 인성면을 배우고
익히게 된다. 인턴이란 위치는 사실 미용에 있어 매우
중요한 위치이다.
단순히 뒷일을 도와주는 시다? 가 아니다.

스텝생활을 하는 기간.
짧게는 2년 길게는 3년.
이 기간동안 나는 평생 먹고살 기술을 배우는 단계인
것이다.
겨우 고작 3년 배운기술 그 기술로 남은 60여년을
사는 것이다. 그래서 나는 3년이
결코 긴 시간이 아니라고 생각한다.
오히려 너무도 짧은 시간이지.
그렇기에 심한하대도 심한대우도 못 참을 것이 전혀
없다.
겨우 3년 고작 3년 평생 중 3년 일뿐.

그리고 왜 난 그 중요한 시간대에 여러곳을
돌아다니며 방황을 했는지 정말 후회가 많이 된다.

그리고 나는 비록 5년이라는 시간이 걸렸지만 그 5년
역시 앞일을 본다면 굉장히 짧은 시간이라고 나는
생각하고 싶다.
디자이너가 되면 끝나는 게 아니라 새로운 시작임을
내가 인턴 땐 알 수 없었다.
디자이너만 되면 모든 게 끝나는 건줄 알았다.
고생 끝 행복시작.
큰 오산이고 착각이다.
앞으로 넘어야 할 더 높은 산들이 많고 오히려 인턴
때 생활이 더 편하고 즐거웠던 것 같다.
추억도 많고 지금 다시 스텝으로 돌아간다면 더 깊은
감성과 인성을 키울 것이며 더 많은 추억을 쌓고싶다.
그리고 나아가 지금보다 더 노력하여
지금의 나보다 더 뛰어난 디자이너가 되려 노력할
것이다.
그러기위해선미용사는..
자존심을 버리고
자부심을 가져야 된다.
지금도 내가 부족하다고 생각되는 부분이 있다면
디자이너 타이틀을 잠시 내려놓고
인턴의 마음가짐으로 임해야 할 것이다.

프로 미용사라면
내가 지금껏 떠들었던 대로 아무리 디자이너 일
지라도 내가 부족하다 느껴진다면 자존심을 내리고
자신을 낮춰서 임할 줄 알아야 된고 나는 다짐 한다..

● 디자이너 일기

신인디자이너로 시작할 때 다른 디자이너들처럼
지명고객이 많이 없는 건 당연한 사실.
이때 초급 디자이너들은 손님을 한명 한명씩 받으며
내 사람으로 만드는 과정을 겪는다.
이때 나는 나만에 방법으로 손님들을 모으기
시작했다.
하루에 한두 명씩 커트손님 받아서 언제 내 사람으로
만들고 언제 많은 사람들이 쌓이지?
한.. 3년은 해야
자리 잡을 기세였기 때문에 나는 생각을 하게 되었다.

미용실에선 하지 않는, 우리 미용실에서 다른,
디자이너들은 하지 않는,
오로지 나만 하는, 나만의 할인, 지형철 할인.
지금 오늘 혹은 이번 주 혹은 이번 달 안에 오면 내가
그 어떤 시술을 하여도 단돈 3만원에 해주겠다.
라는 할인쿠폰을 만들어서 출근 전 근처 학교에
뿌리고 길에 뿌렸고 근무 중간에 잠시만 나갔다 온다
하고 그 잠시 동안이라도 뿌리고 들어오곤 하였다.

그러자, 그 반응은?

난리가 났다.
우리 매장은 그렇게 저렴한 매장이 아닌데...
3만원이라는 메리트에
정말 많은 사람들이 몰려왔다.
그 쿠폰을 들고 내가 생각한 것 이상으로.
너무 많이 찾아와주셨다.
나도 솔직히 이렇게 몰릴 줄 알았으면 3만원이라는
파격적인 제시는 안 했을 텐데 말이다..
이때 하루에 예약이 아침부터 퇴근까지 잡힐 정도였고
정말 생각보다 많은 반응이 왔다.
이렇게 해서 내가 한 달 동안 찍은 매출은 얼마
안됐지만 한 달 동안 모은 고객은 200여명이 되었다.
이 고객들이 처음엔 3만원 쿠폰에 날 찾았지만 내가
한 분 한 분 정말 진심으로 혼신을 다해서 성의 있는
시술을 해드렸고 시술 시간동안 지루하지 않게 다른데
가지 않고 옆에서 즐겁게 말동무가 되어드렸다.
나는 그 고객들로부터 입소문이 나기 시작했고 우리
미용실 앞에 있던 고등학교에 고등학생들은 웬만하면
다 나에게 하는 정도까지 이르게 되었다.
그리고 초급디자이너 타이틀로 그렇게 단 시간에 이런
많은 고객을 모은 것에 대해 우리 미용실에선 이슈가
되었고 미용실에 총 대표님 또한 나를 각별히
봐주시기 시작하였다.

사실 이런 노하우는 비밀리에 이뤄졌기때문이다.
손님들도 쿠폰을 들고 오돼 절대 전화상으로 예약할 때 가격얘기 하지 말라 부탁드렸고 매장에 와서 그 쿠폰을 절대 카운터에 내지 말라 하였기 때문이다.
내가 시술 할 때 그 쿠폰 날 줘라.
날 보여주면 되는 것 이다.
난 그 쿠폰을 받아 다시 뿌리고 고객이 다시 들고 오면 다시 받아 다시 뿌리고 이것을 반복하였다.
그리고 쿠폰에 열풍이 잠잠해질 때 즈음 되어서는 200여명이 넘는 내 고객들에게 개인적으로 휴대폰메시지를 보내기도 하였다.

따뜻한 말 한마디라도 감기 조심하라는 등 문자 맨 뒤엔 또 한 번의 지형철 이벤트를 하였다.
문자 마지막 줄엔 이런 내용이 담겨져 있었다.

지금 이 문자를 지우지 않고 매장에 방문해서
이 문자를 보여주면 그 어떤 시술을 하여도
기장추가를 받지 않겠다. 그리고 기본 클리닉을
선택하면 풀코스 클리닉으로 들어가 주겠다.
기본 염색을 선택하면 로X알 고급 염색으로 해주겠다.

등등 나만의 홍보를 하였다.
그 200여 명 중 300명 정도가 다시 몰려 왔다.

친구가 친구에게 소개시켜줘서 입소문이 났고,
그 문자를 받은 친구가 자기 친구에게
내용을 전달하여 그 문자를 담아서 오곤 하였다.
이것 역시 내 예상보다 반응이 너무 폭발적이였고
나는 이 계기로 우리 미용실 전 매장에 소문이 났으며
전설이 되었다

한 달 한 달 지나 갈수록 그렇게 매출을 많이 올리진
못하였지만 매출보다 값진 내 손님들을 단 기간에
많은 사람들을 내 사람으로 만들 수 있었다.
아주 나중에 내가 미용실을 퇴사 했을 때도 그리고
지금까지도 그때의 고객들에게 연락이 온다.
지금은 어디계시냐고..
그리고 그때의 그 고객들이 나에게 머리를 하면
저렴한 것을 떠나 재밌고 즐겁고 그리고 자신에게
정성껏 해준다는 것에 감동을 받아 지금도 나를
찾아와 주시곤 한다.
이젠 그런
3만원짜리가 아닌 30만원 짜리 고객으로 말이다. 이런
게 기술 아닌가?ㅋㅋㅋ

머리 잘 자르는 거? 약 잘 바르는 거? 파마 잘 마는 거? 이런 게 왜 기술이죠? 미용사라면 당연한거 아닌가요? 축구 선수가 발로 공을 차는 게 기술인가요? 발로 차기에 축구선수 이듯이 우리도 머리를 자르고 약을 바르고 파마를 말기에 미용사입니다. 기술이 아니죠.

사람은 머리를 잘 써야 된다.

배드민턴 또 한 두 선수가 머리를 안 쓰고 치기만 한다면 그 릴레이는 영구적으로 끝나지 않을 것이다. 그 둘 중 한 명이 머리를 쓰면서 공을 치기에 릴레이에서 이길 수 있다.

나는 인지도가 낮은 초급디자이너로써 어떻게 하면 빠른 시일 안에 인지도를 높일 수 있을지를 이런 이벤트를 생각해 내었다. 그리고 승리하였다.

시간이 그렇게 지날수록 내 손님은 많아졌고, 나중엔 매출 또한 자연적으로 따라 왔다.

우리 매장에 부원장님 정도로 매출을 올리진 못했지만 일반 디자이너가 그것도 초급디자이너가 찍을 수 없는 매출을 올렸고 이것으로 인해 나는 우리 미용실 총 대표님에 개인적인 시간까지 사용 할 수 있는 거물이 되었다.

박xx 미용실에 총대표 박xx처럼.
어떤 미용실에 대표님들이 자기 부하직원만 몇 백 명
몇 천 명이 되는 전 지점에 직원들을
한 지점에 한명에 직원에게 개인적인 시간과 각별함을
절대 줄 수 없다.
이것은 그 나의 대학교수님이 여러 명의 제자들 중
나에게 신경을 써주는 그런 것과 다른 점이다.
교수님과 나는 스승과 제자 사이지만 대표님과 나는
업주와 직원 사이기 때문이다.
하지만 그런 대표님은 나에게 시간을 많이 내주셨고
가위까지 사 주셨다.
이런 촉망받는 유망주로 나름 열심히 지냈고 보람된
하루하루를 만끽 할 수 있었다.
그리고 타마시 제1회 가을 체육대회가 열렸다.
이 날은 전 매장 문을 다 닫고
전 지점 직원들이 한 자리에 모여 모두가 뛰고 놀며
즐거운 시간을 보내는 날 이였다.
이런 기획적인 행사를 하는 미용실은 극히 드물
것이다. 전 매장의 문을 닫고 노는 날이..
여기서 이 타마시 미용실에 다시 한 번 놀랬다.
나는 운동회에서도 뭐든지 열심히 참여하였다.
제기차기, 축구, 이어달리기 등 운동회 역시 1등을
하겠다는 마음보단 그냥 주어진 미션에 성실했을
뿐이고 앞만 달렸을 뿐이다.

그 상황을 즐기고자, 즐기는 마음으로, 앞만 보고
달렸을 뿐인데, 내 앞엔 아무도 없었다.
모두가 등 뒤에 있었다. 나는 운동회에서 MVP수상을
하여 가위 세트를 선물로 갖게 되었다.
이렇든 항상 나는 일 할 땐 일, 놀땐 또 제대로 놀 줄
아는 사람 이였다.

노는 것도 1등 일도 1등!
이 날 이후 나는 타마시 에서 더욱 촉망 받는
에이스가 되어 타 지역들로 지원을 가곤했다.
그렇게 내 생에 두 번째 전성기는 아마 이때가
아니었나 돌이 켜 본다.
그리고 나에게 이런 기회와 관심을 가져주신 총
대표님에게도
다시 한 번 감사의 말을 전하고 싶다.

● 운명은 노력하는 사람에게 우연이 놓아주는 다리

어려서부터 남자친구 보단 여자 친구들이 더 많았다.
고등학교 역시 실업계에서 식품조리학과를 나왔다.
그래서 남자보다 여자가 비율이 더 많았고, 남자는
한반에 적게는 4명 많게는 6명. 한 분단 정도가
남자고 다 여자였던 그런 과 였다. 그런 과를
졸업하고 대학은 어땠는가? 대학은 99:1의 비율로 나
혼자 청일점이지 않았나? 그리고 군대도 가지 않아
여러모로 여자 친구가 더 많을 수밖에 없었다. 그리고
진학한 진로 지금 나의 직업은 또 무엇인가? 미용
아닌가 미용은 아무래도 남자보다 여자가 더 많은
직업이다.
어느 미용실을 가도 남자 직원보단 여자 직원이 더
많은 건 사실이다.
나는 인턴생활 때 역시 직장생활을 꽃밭에서 보냈다.
흠.. 고등학교 때의 꽃밭과 대학교 때의 꽃밭과는
좀 다른 밭이었다.
아무래도 미용실이다 보니 죄다 멋진 여성들이 많았고
매력이 넘치는 여성이 많았다.
나는 미용을 시작할 때 여자 고객보다 여자 직원에게
더 눈길이 쏠렸고 관심이 많았다.
나도 어쩔 수 없는 남자인가보다..^^;

어느 평범했던 미용실 오후..
평범한 오후 평범한 미용실에 평범했던 시간에
어느 날 평범하지 않은 여성이 우리 매장에
들어왔다. 그녀는 바로 다름 아닌 우리 미용실에
면접을 보러 온 면접생이였다.
나는 그녀가 처음엔 면접생인 줄 모르고 고객으로
알아 그녀에게 다가가 생에 첫 마디를 걸었다.

차.. 준비 해드릴까요??

대답을 하고자 고개를 들은 그녀를 처음 본 나는
아 사람이 사람에게 반하기까지는 3초도 긴
시간이구나! 라는 것을 느끼게 되었다.
그녀를 처음 본 순간 나는 모든 것을 잃었고 심지어
영혼까지 빨려 들어가는 기분을 느꼈다.
그녀는 그 날 면접을 보고 바로 다음날 우리 미용실에
출근을 했다. 이제 그녀를 보다 가까운 거리에서 같이
생활을 하게 된 셈이다.
나는 그녀의 직속선배로 그녀가 앞으로 해야 할
일들과 할 일들을 직접 가르쳐 주었다.
청소하는 구역, 청소하는 법 심지어 밥하는 법까지도
그렇게 그녀와 단둘이 그녀와 보내는 시간이 많았고
그 시간이 지날수록 그녀와 나는 더욱 가까워 질 수
있었다.

다른 사람 눈엔 어떨지 몰라도 내 눈엔 그 누구보다
아름다운 여성이었다.
나는 그녀에게 관심을 사기 위해 그녀가 해야 할
일들을 대신 해 주었고 그녀가 청소를 할 때마다
빗자루를 잡고 있는 그녀에게 가서 멘트를 날렸다.

내가 이런 거 잡지 말랬지?
ㅋㅋㅋㅋㅋㅋ
청소하는 법 가르쳐 줄땐 언제고 이런 거 잡지
말랜다.. 내가 지금 생각해도 좀 웃기지만
그래도 그녀가 할 일들을 도와줘 가며 그녀에게
관심을 사곤 했다. 그리고 그녀와 같이 손님 머리를
드라이 해줄 땐 손님 뒤통수 부분에서 그녀의 손을
잡기 위해 일부로 손을 대었었고 그녀가 와인딩을 할
때면 나는 일부로 그녀 뒤에 가서 파지를
하트모양으로 집어 주곤 하였다.
이런 식으로 나는 나만의 감정표현을 열심히 하면서
하루하루를 보냈다.

우리는 서로 누가 먼저라고 할 것 없이 너무도
자연스럽게 하나가 되었고 그렇게 그녀와 나는 이제
직장동료에서 연인 사이로 바뀌게 되었고 직장 동료
일 때보다 일이 더 흥미롭고 재밌었다.

이젠 손님 머리 드라이를 할 때면 손님의 뒤통수에서
우리가 서로 같은 마음으로 손을 꽉 잡았으며 파마를
할 때면 서로 하트를 공유 하였다.
그렇게 아름답고 흥미롭기만 할 줄 알았던 봄날도
어느덧 저물어 갔고 그렇게 봄이 가고
겨울이 오듯 우린 시간이 지날수록 너무도 자연스럽게
변해갔다.

같은 직에 종사하는 같은 미용사로써 좋은 일도 있고
서로 의지하며 공유가 되는 부분도 있었지만..
미용사는 서로 너무나 다른 색깔과 스타일이 확연히
다르기에 서로 부딪치는 부분이 많았다.
시간이 점차 지나면서 그녀 역시 경력자가 되고
미용의 달인이 되어갔다 그럴수록 그녀 역시 그녀
만에 색깔과 그녀만의 스타일 그녀만의 정답이 생기곤
하였다. 그렇게 우리는 서로 맞는 것이라며 자주
싸우곤 했고 서로 머리를 해주는 날엔 머리를
해주다가 도중에 그 빗을 집어 던지는 일도 허다했다
서로 자기가 맞는다고 주장하다 말이다.
그리고 서로 자존심이 강하여 서로가 틀렸다는 걸
서로가 인정하지 못 했다. 어느 날은 서로 염색을
해주는 날 이였는데 우리는 그만 염색을 하다가 그
염색약을 머리가 아닌 서로의 옷과 얼굴에 바르며
싸우게 되었던 적도 있었다.ㅎㅎ

그렇게 잦은 싸움의 횟수가 많을수록 그녀는 더 이상
나에게 처음 만났을 때의 그 3초의 여신이 아니라
그냥 하나의 스트레스 나의 미용 스킬에 감히
지적하는 상대에 불과 했다 우리는 그렇게 멀어지기
시작하였고 결국 1년 정도가 되었을 무렵 우리는 누가
먼저 할 것 없이 자연스럽게 이별하게 되었다.
다른 커플들과 다를 바 없이 우린 서로 이별함과
동시에 서로 연락처 까지 깨끗하게 바꾸며 서로
연락을 하고 싶어도 연락이 안 되게 서로 상황을
만들었다. 그렇게 우리는 보다 완벽하고 깨끗하게
헤어져 버렸다. 1년이란 시간동안 쌓아왔던 추억을
남긴채. 어쩜 우린 너무 미용 초짜때 서로를 만나
기댔는지 모른다. 변해가는 우리 모습들을 감당하기
어려웠는지도 미용 경력이 쌓이고 실력이 늘을 수록
그녀와 싸움의 강도가 더 커졌으니 말이다.
그리고 그저 그냥 그런가봐 하고 담담했었다.
그리고 얼마나 시간이 흘렀을까 그녀에 대한 그리움과
아쉬움이 많이 생각났다
같이 있을 땐 몰랐던 것들이 보이기 시작했다 우린
그래도 싸울 땐 그 누구보다 제대로 싸웠지만 싸우지
않을 땐 그 누구보다 호흡이 잘 맞는 한 쌍의 미용
커플 이였는데 젓가락처럼 우린 꼭 붙어서 샾을
다녔고 어딜 돌아다닐 때 역시 우린 항상 쌍으로
1+1로 다녔지만 그런 나의 젓가락 한 짝이 없어진

허전함의 기분을 느끼고 있었다.
하지만 이제 더 이상 그녀에게 아무것도 요구 할수도
연락이 닿을 수도 없었다. 어디서 뭘 하는지 연락조차
되지 않았기 때문이다. 지금쯤이면 그녀는 좋은
사람만나 잘 지내고 있으려나..?

나는 너를 보낸 이후 이렇게 미용에만 열중해 왔는데
,너도 나와 같을까?
우리가 같은 직업에 종사하고 있고, 미용은 좁으니
언젠간 우리 다시 만나게 되는 날이 한번쯤은 있지
않을까? 그때 다시 마주치게 된다면 내가 너에게
보여줬던 나의 모습에서 훨씬 더 업그레이드가 되어
더 멋있어진 미용사로 너에게 보여줄게..

정말 하루하루를 열심히 살아왔다.
앞에 내용과 같이 샴푸실에서 잠을 자며 마네킹이
나의 동반자가 되어 연습을 미친 듯이 해왔고 나
자신만의 시간을 가졌으며 나 자신만을 위해
업그레이드를 하기위해 누구보다 열심히 공부하며
연습해왔다. 그리고 시간이 더 한참이나 지난 후에
나는 그녀에 대한 기억을 서서히 잊혀지게 되었고
목소리 마저 희미해져 갈 무렵 나는 디자이너가
되었고 디자이너 생활을 그 누구보다 바쁘게 지냈고
나름 성공적인 초급디자이너 생활을 만끽하고 있었다.

그러면서 나는 내가 다니던 매장에 신용과 신뢰를
쌓을 수 있었으며 점차 올라가서 나는 대표님에게
인정을 받아 직책이 올라가게 되었다.
이제 내가 구인공고 글을 내가 직접 올리고 면접을
보겠다고 전화 오는 전화번호를 내 번호를 구인공고에
적었으며 면접이 오는 면접 생들의 면접을 내가
면접관이 되어 직접 보게 되었다.

전화 부재 시 문자 남겨주세요^^ 라는
나의 구인공고 글이었다.

오늘도 역시 변함없는 하루를 평소와 똑같이 하루를
보내고 있던 어느 평범한 날..
너무 평범한 날에 평범한 문자 하나가 와 있었다.
안녕하세요. "구인공고 글 보고 문자드립니다. 직원
채용하셨나요?" 라는 내용에 문자였다. 나는 성심
성의껏 답장을 해 주었고 어떻게든 직원을 채용하고
싶었기 때문이다. 직원이 나로 인해 채용이 되면
나에게 떨어지는 이득이 있었기 때문에 매출보다 더
신경을 써서 직원모집에 나섰고 결국 그분과 통화를
하게 되었다.

"네 안녕하세요^^ 직원 구합니다. 혹시 나이와
경력이? " 나이는 나보다 한 살 어린 분이셨고 경력은
디자이너 였다. 그리고 목소리가 너무 예뻤다.
가늘고 약간 높은 하이톤에 톡톡 튀는 말투..
너무 익숙한 말투였다. 그리고 나는 그분에게 성함을
물어봤다. 면접 시간을 잡기 위해서.
그러자 그분은 본명을 말 해주지 않고 그분이
디자이너가 되면서 쓰고 있던 가명을 알려 주었다.
"재인" 이라는 가명 이였다. "아 네..재인선생님
면접은 오늘 몇 시로 잡아 드릴까요?" 나는 그분과
면접 시간과 장소를 정하였고 그 시간에 그 장소로
나갔다.. 나는 장소를 카페로 정하였다.
우리 매장 옆에 보면 카페가 하나 있을거에요.
거기서 뵙죠. 마치 소개팅을 하듯 나의 입은 옷차림과
그녀의 입은 옷차림을 서로 듣고 내가 먼저 가서
기다리고 있었다.

내심 기대를 했다. 목소리가 매력적이신 분이라
얼굴 또한 예쁘길...
나는 시력이 안좋다. 그래서 입구에서부터 들어오는
그녀의 옷차림은 구분이 됐지만 얼굴은 약간의
모자이크 처리처럼 보여 뚜렷하게 보이지 않았다.

그분이 다가 올수록 왠지 모를 심장이 두근거렸고
그녀가 내 앞에 와서 앉아 우린 서로 인사만을 한 채
내가 첫 마디를 날렸다..

차 시켜드릴까요?

라는 내 질문에 대답을 하고자 고개를 들은 그녀를
보고 나는 3초 아니, 서로 몇 분이 흐르도록 아무
말도 할 수 없었다.

재인이는 다름 아닌 내가 인턴 때 만났던 나만의 3초
여신이었다. 그때 나는 그 면접생의 얼굴을 보고 역시
3초간 아무 말할 수 없었으며 어색함에 몇 분간
정적이 흘렀다.
이게 운명의 장난인가.
나는 그녀와 처음 만났던 그때와 비슷한 상황으로 전
여자 친구와의 이런식으로 재회가 이뤄졌다.
나는 면접관으로, 너는 면접생으로..
시간이 흐르면서 나는 면접에 대한 질문을 하지 않고
그녀 역시 나에게 매장에 관해 질문하지 않았다.
우리는 그저 서로를 보고 한참이 지난 뒤에 입을 열
수 있었다.
잘지냈냐고.. 뭐하고 지냈냐고.. 그리고..
보고싶었다고.. 하..

아무리 나에겐 어려서부터 참 드라마 틱 한 일이 많이
일어났다고 생각 했지만 또 이런 우연과 인연이 있을
줄이야..그 어릴 쩍 철없을 때 같이 성장해오던
인턴에서 같은 디자이너로 만난 셈이 된 것이다.
그리고 보여주고 싶었다.
오늘을 위해 내가 내 자신을 얼마나 갈고 닦았는지를..
이렇게 예상하지 못한 날에 예상하지 못한 타이밍에
예상하지 못한 경로로 만나게 될줄은 정말 예상하지
못하였다.

그렇게 그녀와 간단하게 말을 주고받은 뒤 출근 할
거냐고 물어봤다. 아마 내가 있다는 걸 이젠 알았으니
불편해서 안 오겠지..? 나도 네가 안 왔으면 해,
오지마 그냥..
(ㅠㅠ보고싶었고 그리웠어..날 불편해 하지 말고 들어와 줘..)
속마음을 숨기며 거짓말을 했다.

그리고 나는 매장으로 돌아가서 점장님에게 보고했다.
면접은 잘 봤는데 그분이 올지 안 올지 모르겠다.
와야 오는 거기 때문에 확답을 못주겠지만 아마 안
오실 것 같다 라는 말을 하였고 그날 저녁 퇴근 후
나는 이제 그녀의 번호를 알게 되어 연락을 해볼까
말까 정말 많은 고민을 했지만 혹 행여나 다른
남자친구가 생겼을 까봐 연락을 하진 못하였다.

대신 요즘은 스마트 시대라 스마트 폰에 카xx톡
이라는 메신저로 그녀가 내 친구 목록에 생겼다.
그 메신저에 있는 메신저 스토리라는 작은 미니홈피를
구경하였지만 남자친구에 대한 흔적이나 사진은
없었다. 일단 남자친구가 없는 것을 알고 용기 내어
고심 끝에 메시지를 남겨 보았다.
내일 나올 꺼니? 그리고 남자친구 생겼니?
그녀로부터 답장이 바로 왔다.
정말 마치 기다렸다는 듯이..

남자친구는 왜 물어? 너랑 상관없잖아.

응, 나랑 상관없으니깐 물어 보는 거야 상관없이
물어볼게.
나랑 상관없는 남자친구 있니?

네가 알아서 뭐하게?

응, 내가 알아서 뭐 좀 하게.

지금 말 장난 치니?

오! 역시 미용사라 눈치가 빠르네 정답! 딩동댕~

그녀는 이내 피식 웃으며 우린 자연스럽게 그 날 밤 그 메신저를 통해 오랜 시간 쌓아왔던 서로에 대한 그리움과 감정과 궁금증에 대해 대화를 오래 나눌 수 있었고 그리고 확인 하게 되었다.
서로 그리워하고 있었다는 것을 그리고 두 번째는 내가 먼저 손을 내 밀었다. 처음에 네가 내 밀었듯 내가 지금 딱 한번만 너에게 손을 내밀거야
네가 지금 내 손을 안 잡는다 하면 나로썬 너에게 무엇도 요구 할 수가 없게 되는 것이고..
우리 다시 한 번 만나볼래? 예전과는 너도 나도 많이 변했고 우린 더 어른이 되었어.
예전 같은 서로 불필요한 자존심과 싸움은 더 이상 없을 것 같은데.
그러자 그녀는 20여분이 지난 후에 답장이 왔다.

너는 헤어졌다 다시 만나는 커플에 대해 어떻게 생각해? 한번 헤어져 본 사이는
두 번 헤어질 확률이 무려 93%나 된데.

라는 답장이 왔다. 그리고 말하였다..

나도 알고 있어 한 번이 어렵지 두 번이 어렵겠냐고.
그렇지만 아무리 미용이 좁다 해도
우리가 처음 만났을 때 보다 더 말도 안 되는

우연으로 우리가 이렇게 만난거보면 나는 우리의
우연이 예사롭지 않다고 생각해. 그 우린 그 나머지
3%의 확률보다 낮은 확률로 다시 만나게 된 거야.

나에게 3%란 엄청 큰 수치이다. 나는 소싯적 3%다
낮은 확률로 돼 살아 난 적이 있다.
99% 죽었다. 의사도 죽었다고 판단한 나, 누가봐도
되살아나기 힘든 상황. 내가 봐도 다시 눈 못뜰
상황임에도 나는 꿋꿋이 일어섰고 1%확률조차 뚫어
버렸었다.

이내 그녀는 나를 다시 받아 주었고 우린 그렇게
새로운 서로의 입장에서 새로운 장소에서 새롭게 다시
시작 하게 되었다 그리고 우린 첫 번째의 결별 사유
였던 문제점들이 두 번째는 완전히 존재하지 않았고
그로 인해 우린 싸울 일이 전혀 없었다.
그리고 그때와 다르게 서로가 서로에게 있어 너무도
도움이 많이 되는 사람이 서로 되어 돌아왔다.
우리가 같이 시술을 맨투맨으로 더블 어택을 한다면
서로에게 정말 필요로 한 사람이 되었고 우리 서로의
장점을 부각 시키고 반대로 서로가 각자 좀 미흡한
부분들을 서로가 매꿔 줄 수 있는 그런 나만의 작업
파트너가 되었다 우린 서로 내가 부족한 부분을
그녀는 잘했고 그녀가 못하는 부분을 내가 잘해왔다.

이런 식으로 우리는 서로 오른손과 왼손이 되어 첫 번째 만남과는 사뭇 다른 관계를 유지할 수 있게 되었다.

재인아 앞으로도 너는 나의 오른손이 되어주렴.
나는 너의 왼손이 되어줄게.

아니.. 오빠는 나의 손이 되어줘 나는 오빠의 오른쪽 눈이 되어줄게

그렇다. .나는 오른쪽 후유증을 갖고 있었다.
그래서 나는 항상 오른쪽에서 시술을 할때 남들에게 말하지 못할 불편함이 항상 있었고 그러는 그녀는 나의 말하지 못할 불편함을 누구보다 잘 알아서 먼저 항상 내 오른쪽에 서 주곤 하였다.
우린 같은 목표를 갖고, 같은 꿈을 꾸게 되었다.
우리가 나중에 같이 미용실을 차린다면 정말 좋겠다.
너도 원장님 나도 원장님이 되어서 다른 직원 필요 없고 우리 둘이만으로 운영을해도 잘 지낼 수 있을 것 같다. 우린 그렇게 서로 미래에 대한 고민도 같이 하며 서로에게 의지 하며 앞날을 같이 고민해 나가는 동반자가 되어서 같이 지내 왔다.

때로는 오빠처럼 너를 혼낼 수도 있고,
때로는 친구처럼 너에게 편한 말동무가 되어주고,
때로는 동생처럼 너에게 애교도 부리며,
때로는 선임으로 너에게 지도를 해줄 것이다.
그리고 때로는 너에게 후임의 마음으로 나의 부족한 점을 배울 것이고,
때로는 동료로써 너를 공감해주며
때로는 애인으로 너에게 세상 모든 사랑을 담아 줄 것이다.

그리고 나는 너라는 버프를
너는 나라는 버프를 우린 서로에게 효과를 주는 그런 존재로 나아가 우리 같이 세상을 꾸미고 가꾸자.
내가 못하는 부분을 네가 잘하듯 네가 못하는 것을 내가 잘해줄게.
그리고 내가 왼쪽을 할 때 네가 오른쪽을 맡아 줄때
이 장면을 맞은편에 비치는 거울로 볼때
나는 이 세상을 다 가진 것처럼 가장 기쁘고 행복하단다.
가위가 부러질 일 없듯이
우리도 다신 부러지지 말자,

나는 그렇게 그녀와 다시 만난 지 벌써 몇 년이란
시간이 지났고 지금도 우리는 처음 만났을 때의 그
소중한 우연과 설레임을 잊지 않고 있다.
이젠 정말 나에겐 없어선 안 될 존재가 되어버린 그는
영원한 나의 오른쪽 시야가 되 줄 것이라 믿는다.
그리고 이런 소중한 운명을 만나게 해준 미용이라는
것에 나는 정말 감사함을 느낀다.

미용이 있음으로
삶의 이유를 찾았고,
미용이 있음으로
내가 다시 세상을 향해 눈을 뜰 수 있었다.

미용이 있음으로
내가 다시 잃었던 탄력을 되 찾을 수 있게 됐고,
미용이 있음으로
잃었던 나의 시야마저 되 찾을 수 있었다.

미용이 있음으로
내가 대학이라는 문턱을 밟을 수 있었고,
미용이 있음으로
없어선 안 될 소중한 인연들을 만나게 되었다.

미용이 있음으로
나 자신을 업그레이드 할 수 있었고
미용이 있음으로
지금의 동반자를 만나게 되었다..

미용이 있음으로
영광과 명예를 얻을 수 있었고
마지막으로 미용이 있음으로
지금에 내가 있는 것이다.

나는 이제 아무것도 납지 않아도 가위와 빗.
이 두 가지만 있으면 어디든 떳떳이 나갈 수 있고
미용이라는 것 때문에 나에게 있어 너무도 영광스러운
일들이 감사히도 많이 생겼다.
앞으로 나아가 이제 미용이라는 것은 나의 인생
전부가 되어 버렸다.
지금도 나는 미용실에서 들려오는 소리들 그리고
미용실 특유의 미용실 냄새를 맡으면
마치 보호, 무장 이라는 버프가 걸리듯 정신과 신체가
튼튼해지고 맑아진다.
그리고 나에겐 아직까지는 공포의 3.6.9 권태기중
마지막 보스급인 제 9의 권태기는
오지 않았다.
9의 권태기란 디자이너가 되어서 오는 권태기라고
선임들이 말씀하시는데..
여태 많은 경험을 겪은 나로써..
앞으로 더 이상 그 어떤 권태기가 오더라도 잘 헤처
나갈 수 있을 것 같다.

사실 권태기 라는건 내 스스로가 만드는 것이다.

사람이기에
어떤 날은 일어나기 귀찮을 때도 있고 어떤 날은
재끼고 싶은 날도 있기 마련인데
그런 것들을 괜히 권태기라고 멋있게 스스로가
포장해서 만드는 것 뿐.
이제 더 이상 9의 권태기건, 어떤 권태기건 그리고
어떤 위기건 나를 막을 순 없을 것 같다.

지금까지 미용으로 얻은 모든 소중한 것들에 대한
나의 보답을 위해서라도..

마지막으로 나는 항상 노력 할 것이며 때로는 나
자신을 낮출 줄도 아는 겸손한 디자이너가 되고
자부심을 갖는 당당한 디자이너가 되고 싶다.

지금까지 재미없는 한 평범한 미용사의 인생 스토리를
끝까지 들어주신 독자 분들께 진심으로 감사드립니다.
도중에 뭐 이런 사람이 다있어 ? 라고 생각한 분들도
계실테고.. 같은 미용인으로 많은 공감을 해주실
분들도 계시리라 믿습니다.

그리고 저도 저 자신의 인생을
한번 돌이켜 볼 수 있었던 좋은 계기와 좋은 시간이
되었던 것 같습니다.

글을 적다보니 저자는 어려서부터, 학창시절,
대학시절, 심지어 직장인시절, 모든 시절에
한번이라도 전설이 아니었던 적이 없네요.^^;
그렇게 저자는 주변인으로부터 지금도 깨지지 않는
전설로 남아 있습니다.. 그리고 저와 같은 이런
전설적인 이야기는 이 책이 말해준 것 과 같이 항상
긍정적인 마인드를 갖는다면 모두가 이룰 수 있을
것입니다.
나아가 세상 모두가 독자 분들께 고개를 숙이며 말할
것입니다. “선생님” 이라며 그리고 항상 노력을
한다면 그 노력을 절대 세상은 무시하지 않습니다.
항상 어떤 식으로도 보답이 있죠.
당신의 노력을 세상은 높이 살 것이며 당신의 노력과
열정과 긍정의 힘이 합쳐진다면 당신은 세상 무엇도
못 이룰 것이 없을 것입니다
그리고 사람은 살면서 선택의 순간이 있습니다.
2가지 일을 하게 될 것이며, 2개의 양 갈래 길에서
2개의 문 중 하나를 선택해야 되는 선택의 기로에
서있게 되죠.
내가 해야 하는 일이 있고, 내가 하고 싶은 일이
있습니다.

둘 중 하나를 선택하든 본인의 선택이지만 내가 하고 싶은 일을 먼저 해버리면 남은 일생 동안 해야 되는 일을 하게 될 것이고, 내가 해야 될 일을 먼저 한다면 남은 일생동안 하고 싶은 일을 하며 살게 될 것입니다.

자신의 남은 일생을 위해 선택하세요.

내가 해야 할 일을 미루면 성공할 수 없습니다.

그리고 우리는 그 선택에 또 다시 노력하며 열정과 긍정을 가지고 세상을 가꿔주고 꾸며주러 나가죠.

지금 이 글을 읽고 있는 이 순간에도 사람의 머리는 자라고 있을 테니까요...-END